Introdução à Música

© 1990, 2015 Martins Editora Livraria Ltda.,
São Paulo, para a presente edição.
© 1965, Ottó Károlyi.
Esta obra foi originalmente publicada em inglês
sob o título *Introducing Music*.

Publisher *Evandro Mendonça Martins Fontes*
Coordenação editorial *Vanessa Faleck*
Produção editorial *Susana Leal*
Revisão *Pier Luigi Cabra*
Angela Maria Cruz
Paula Piva
Julio de Mattos

Dados Internacionais de Catalogação na Publicação (CIP)
(Câmara Brasileira do Livro, SP, Brasil)

Károlyi, Ottó
Introdução à música / Ottó Károlyi ; tradução
Álvaro Cabral ; revisão da tradução Eduardo Brandão. – 2. ed.
São Paulo : Martins Fontes - selo Martins, 2015.

Título original: Introducing Music.
Bibliografia.
ISBN: 978-85-8063-223-1

1. Música - Estudo e ensino I. Título.

15-02742   CDD-781

Índices para catálogo sistemático:
1. Música : Princípios e considerações gerais 781

Todos os direitos desta edição reservados à
Martins Editora Livraria Ltda.
Av. Dr. Arnaldo, 2076
01255-000 São Paulo SP Brasil
Tel.: (11) 3116 0000
info@emartinsfontes.com.br
www.emartinsfontes.com.br

Otto Karolyi

Introdução à Música

Tradução
Álvaro Cabral

Revisão da tradução
Eduardo Brandão

martins fontes
selo martins

Índice

Prefácio 1

Parte I. Sons e símbolos 3
Som; notação musical; ritmo; ornamentos; *tempo;* dinâmica; tons e semitons; escalas; tonalidade; intervalos

Parte II. Harmonia e contraponto 63
Melodia; harmonia; acordes e suas progressões; cadências; consonância e dissonância; acordes "exóticos"; modulação; baixo cifrado; contraponto; cânone; fuga

Parte III. Formas musicais 109
Motivo; frase; período; forma binária; forma ternária; formas baseadas em danças; suíte; variações; rondó; a sonata; forma sonata; rondó-sonata; sinfonia; concerto; abertura; formas vocais; música programática

Parte IV. Instrumentos e vozes 139
A voz humana; instrumentos de cordas; instrumentos de cordas picadas; instrumentos de cordas percutidas; temperamento igual; instrumentos de sopro; instrumentos de sopro (madeiras); instrumentos de palheta; instrumentos transpositores; instrumentos de sopro (metais); instrumentos de percussão; plano orquestral

Parte V. Partituras e leitura de partitura 179
A partitura; leitura e execução de partitura; imaginação auditiva; memória musical; abordagens horizontal e vertical

Apêndice 1: Figuração... 197
Apêndice 2: Sistema sol-fá.. 198
Apêndice 3: Nomes estrangeiros dos instrumentos ... 200
Apêndice 4: Uso americano.. 202

Índice de sinais 203

Lista de ilustrações de separação das partes do livro

1. O Canhão Musical. Cartoon por Grandville, frontispício VI
2. Guido d'Arezzo, com o Bispo Theodaldus, no Monocórdio. Desenho de um manuscrito do século XII originário do sul da Alemanha (reproduzido por cortesia da Biblioteca Nacional da Áustria) 4
3. Cânone Circular. Por Baude Cordier, século XV (reproduzido por cortesia do Institut de France, Musée Condé) 64
4. Fonte. Modelo de construção esférica pelo escultor Gabo, 1937 (reproduzido com permissão de Lund Humphries da Prancha 68 de *Gabo*, de Herbert Read e Leslie Martin) 110
5. Fabricantes de Instrumentos Musicais. Desenho da *Encyclopedia* de Diderot, prancha XVIII, volume 5.. 140
6. Música para os Fogos Reais. Página da partitura de Haendel (reproduzida com permissão dos Curadores do Museu Britânico) 180

Prefácio

A música é, ao mesmo tempo, uma arte e uma ciência. Portanto, ela deve ser, ao mesmo tempo, emocionalmente apreciada e intelectualmente compreendida – e, como em qualquer outra arte ou ciência, nela não existem atalhos para alcançar mais depressa a mestria ou o conhecimento. O apreciador de música, que gosta de ouvi-la mas não entende sua linguagem, é como o turista que vai ao estrangeiro nas férias, encanta-se com a paisagem, as gesticulações dos nativos e o som de suas vozes, mas não consegue entender uma palavra do que eles dizem. *Sente* mas não pode compreender.

Este livro proporciona as ferramentas para uma compreensão básica da música. Mesmo que seja lido conscienciosamente, não fará do leitor um músico. Nem lhe ensinará como *escrever* música. Tal como ocorre com qualquer outra linguagem, são necessários muitos anos de trabalho para se alcançar a simples fluência gramatical. O que tentaremos fazer é apresentar o material da música e suas leis gerais, tal como foram aplicadas por grandes compositores. Proporcionaremos também parte dos conhecimentos básicos necessários ao entendimento do que está acontecendo no plano técnico, quando se ouve música. Talvez o leitor esteja na mesma posição do turista que dominou a linguagem até certo ponto e, chegando ao país de sua escolha, pode pelo menos decifrar o jornal local, entender um pouco do que se passa à sua volta, fazer uma ideia da topografia e da estrutura social do país, e falar com a gente da terra sem se tornar ininteligível.

Uma coisa seria de grande ajuda: um instrumento de teclado (piano, harmônio, cravo, acordeão), ou mesmo um xilofone ou *glockenspiel* de criança. Sendo a música a arte do som, ela tem que ser inteligentemente ouvida. Tente o leitor tocar todos os exemplos, ainda que seja com um só dedo. Finalmente, para citar Schumann: "Não tenha medo das palavras 'teoria', 'baixo contínuo', 'contraponto' etc.; elas caminharão ao seu encontro se você fizer o mesmo".

Ótto Károlyi

Parte I
Sons e símbolos

> Todas as coisas começam em ordem, assim terminarão e assim recomeçarão, de acordo com o instituidor da ordem e da matemática mística da cidade celeste.
>
> Sir Thomas Browne

Som: o material da música

No princípio, podemos supor, era o silêncio. Havia silêncio porque não havia movimento e, portanto, nenhuma vibração podia agitar o ar – um fenômeno de fundamental importância na produção do som. A criação do mundo, seja qual for a forma como ocorreu, deve ter sido acompanhada de movimento e, portanto, de som. Talvez seja por isso que a música possua tal importância mágica para povos primitivos, significando frequentemente vida e morte. Ao longo de toda a sua história, em todas as suas diversas formas, a música manteve sempre sua significação transcendente.

O som só pode ser produzido por uma espécie de movimento. O movimento (ou *vibração)* proveniente de um corpo vibrátil – por exemplo, uma corda, ou a pele de um tambor – gera ondas de compressão que viajam através do ar até nosso ouvido. A *velocidade* com que o som viaja desde o corpo vibrátil até o ouvido é de cerca de 340 metros por segundo. Essa velocidade muda naturalmente de acordo com as condições atmosféricas. Além do ar, existem outros meios capazes de transmitir o som, como a água, a madeira etc.; mas este livro trata principalmente do som "musical" e de seu uso artístico; assim, nosso veículo transmissor de som é o ar.

Se a vibração é regular, o som resultante é "musical" e representa uma nota[1] de altura definida; se é irregular, o resultado é ruído. Esse fenômeno pode ser ilustrado de maneira simples pelo método "gráfico". Uma agulha é soldada a uma das pontas de um diapasão e colocada verticalmente sobre um vidro enegrecido, de modo a só tocá-lo de leve. Depois, faz-se o diapasão vibrar e desloca-se lentamente o vidro para diante. Resultado: enquanto o diapasão estiver vibrando, a agulha traçará uma série *regular* de curvas.

Todo som tem três propriedades características. Vejamos um exemplo tirado do cotidiano. Quando caminhamos numa rua, ouvimos muitos sons ao mesmo tempo: automóveis, motos, aviões, rádios, gente caminhando e falando, que produzem simultaneamente sons mais altos e mais baixos, mais fortes e mais fracos. Com o nosso ouvido, distinguimos automaticamente a voz aguda de uma criança e o tom mais grave da de um homem, o barulho de um avião passando sobre as nossas cabeças e o zunzum do trânsito; também sabemos se a melodia que chega até nós do rádio de alguém está sendo tocada num trompete ou num violino. Assim fazendo, estamos selecionando inconscientemente as três características de um som: *altura, volume* e timbre.

Altura

A percepção da altura é a capacidade para distinguir se um som musical é mais baixo (grave) ou mais alto (agudo) que outro. A *frequência* (número de vibrações por segundo) do corpo vibratório é o que determina a altura de um som. Quanto mais alta for a frequência de um som, maior a sua altura; quanto mais baixa a frequência, mais baixa a altura.

---

1. Ver o Apêndice 4, p. 202.

Os físicos demonstram isso com o seguinte experimento. Uma peça de metal é fixada de modo que fique em contato com uma roda dentada; quando a esta se imprime um movimento giratório, são produzidas vibrações no ar. Se a roda tiver, por exemplo, 128 dentes e, graças a um motor de rotação variável, a fizermos girar duas vezes por segundo, obteremos um som de 256 vibrações, ou ciclos, por segundo (c/s). Se fizermos a roda girar uma vez por segundo, teremos um som de 128 vibrações, que será mais baixo que o som anterior, e assim por diante. O limiar inferior da nossa audição é de cerca de dezesseis a vinte vibrações por segundo; o limiar superior situa-se em torno das vinte mil vibrações por segundo. O que melhor ilustra o limite da extensão normal do som musical é o fato de que um coro misto produz sons entre as frequências de 64 c/s e 1.500 c/s, e um piano de concerto de cauda inteira (com um teclado mais extenso do que um piano doméstico) de cerca de 20 c/s a 4.176 c/s.

Volume

Vimos que a altura de uma nota depende inteiramente da frequência de sua vibração. O *volume* de uma nota depende da *amplitude* da vibração. Uma vibração

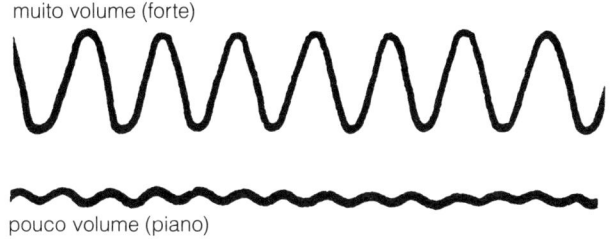

Fig. 1

mais (ou menos) intensa produz sons de maior (ou menor) volume*.

Timbre

O timbre define a diferença de "cor" do som quando a mesma nota é tocada por diferentes instrumentos ou cantada por diferentes vozes. Assim, a "cor" de uma nota habilita-nos a distinguir diferentes instrumentos tocando a mesma música. Ninguém achará difícil distinguir o som de um trompete do de um violino. Mas por quê? Neste ponto intervém um dos mais fascinantes fenômenos acústicos: os *harmônicos*. A frequência característica de uma nota é apenas a frequência *fundamental* de uma série de outras notas que estão presentes simultaneamente à básica. A essas notas dá-se o nome de harmônicos (ou sons parciais). A razão pela qual os harmônicos não são distintamente audíveis é que a intensidade deles é menor do que a da fundamental. Mas eles são importantes porque determinam o *timbre* de uma nota e também proporcionam brilho ao som. O que nos habilita a distinguir o timbre de, digamos, um oboé do de uma trompa é a intensidade variável dos harmônicos das notas reais tocadas.

O leitor pode imaginar que complexo padrão ondulatório uma grande orquestra produz!

Antes de abandonarmos o campo da física pura, há mais alguns pontos que merecem ser mencionados, por-

---

* Tratando-se de maior ou menor volume, é incorreto, do ponto de vista da terminologia musical, falar em som mais alto ou mais baixo, como se diz na linguagem corrente. Como vimos, *altura* de um som é coisa bem diferente de seu *volume,* e a ela se referem os termos alto (agudo) e baixo (grave). Os termos musicais corretos para muito e pouco volume são *forte* e *piano*. (N.R.)

quanto será inevitável que venham a surgir com frequência na experiência do ouvinte.

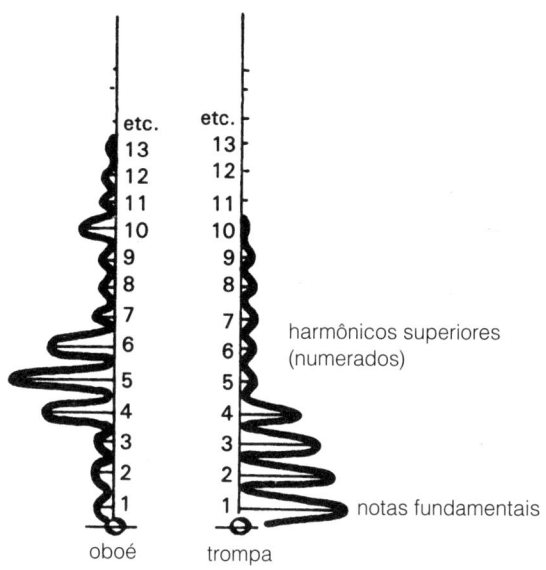

Fig. 2 (Ver também Fig. 85)

Altura padrão

Quando vamos a uma sala de concertos, notamos que em dado momento, antes de o concerto começar, os músicos da orquestra ou do conjunto afinam seus instrumentos com uma nota tocada pelo primeiro oboé ou pelo primeiro violino. Estão afinando seus instrumentos com uma nota que tem (ou deve ter) 440 vibrações por segundo[2]. Essa al-

---

2. Por uma questão de simplicidade matemática, as frequências dadas para as notas do teclado na ilustração da p. 205 pressupõem a altura do lá$_1$ (a') como 431 c/s.

tura *padrão* foi aceita pela maioria das nações ocidentais numa conferência internacional em 1939.

Entonação

A boa entonação (ou entoação), ou seja, estar afinado (emitindo as notas na altura correta) é, evidentemente, de importância capital para o músico (sem falar em seus ouvintes). Mas o que acontece acusticamente quando notamos, incomodados, que alguma coisa está errada durante uma apresentação, que alguém está tocando alto ou baixo demais? Dizemos comumente que o músico está desafinado. O que realmente ocorre é o seguinte: se duas notas têm a mesma frequência, por exemplo, 440, sabemos que têm a mesma altura e, por conseguinte, soam em uníssono. Mas se uma delas for tocada ligeiramente desafinada e tiver apenas 435 c/s, o resultado é que a primeira nota produzirá ondas mais curtas do que a segunda, e essas ondas colidirão inevitavelmente entre si, produzindo um efeito pulsátil, sendo o número de batimentos produzidos por segundo a diferença entre as duas frequências. No nosso exemplo, isso significaria cinco batimentos por segundo. É interessante assinalar que após certo número de batimentos (cerca de trinta por segundo) o efeito perturbador diminui.

Ressonância

O leitor talvez tenha notado que cantar ou assobiar numa certa altura pode fazer com que algum objeto próximo, digamos, um copo, ressoe simpaticamente. Isso ilustra o princípio da ressonância: quando duas fontes vibratórias estão na mesma altura e uma delas é posta em vibração, a que não foi tocada reproduz simpaticamente a vibração da outra. Assim, quando cantamos, não são apenas as nossas cordas vocais que produzem som, mas também as vibrações simpáticas geradas nas cavidades de nossa cabeça. A mesma coisa acontece com instrumentos feitos pelo homem: é o tampo harmônico do violino que realmente produz o som, vibrando em simpatia com a corda friccionada pelo arco. Esse fenômeno acústico é muito útil para reforçar o som dos instrumentos de cordas dedilhadas e dos instrumentos de arco. (A viola de amor, com suas cordas simpáticas colocadas por baixo das cordas tocadas pelo arco, é um exemplo disso.)

Acústica dos auditórios

Existe outro fator que determina ou, melhor dizendo, modifica consideravelmente o timbre de instrumentos e vozes: o fato de um auditório ser "bom" ou "mau" para o som, ou seja, se ele possui ou não uma ressonância equilibrada. Isso era instintivamente sentido por muitos compositores e executantes no passado, notadamente Bach, que, segundo se conta, costumava bater palmas e contar até que o som fosse absorvido, a fim de obter uma ideia aproximada da acústica do lugar onde tinha que tocar. Só no final do século XIX encontrou-se uma explicação científica para esse fenômeno. Sabemos agora que o fato de um auditório ser bom ou não para o som depende da duração do seu "período de reverberação" (isto é, o tempo que um som leva para extinguir-se). Experimentos mostraram que o período de reverberação mais conveniente para a fala e a música está entre 1 e 2,5 segundos. A acústica de uma sala pode ser modificada por vários dispositivos e artifícios técnicos, como a colocação ou a retirada de cortinados que absorvem o som.

12 *Introdução à música*

Notação musical

A música, assim como a linguagem, foi cultivada durante muito tempo por transmissão auditiva de geração a geração (tal como a música folclórica ainda é transmitida hoje), antes de ser inventada qualquer espécie de método sistemático para registrá-la por escrito. Mas, em civilizações superiores, o desejo de registrar leis (científicas e não científicas), poesia e outras expressões permanentes, deu origem ao problema de como escrever música. A tarefa consistia em encontrar um sistema simbólico que pudesse definir a altura e o ritmo de uma melodia. As raízes da nossa notação musical europeia encontram-se nos símbolos que eram usados para notar a recitação grega e oriental, a chamada notação *ecfonética*. Do século V ao VII de nossa era, desenvolveu-se um sistema a partir desses sinais, os quais indicavam vagamente a tendência geral do movimento melódico. Seus símbolos eram chamados *neumas*. A notação musical desse período era uma espécie de *memento*. Não definia a altura exata, dava apenas uma ideia aproximada da melodia a fim de ajudar o cantor quando sua memória precisasse de um auxílio – como um nó num lenço. Então, no século IX, a pauta fez sua aparição. No começo era simplesmente uma única linha horizontal colorida. Mais tarde, foi adicionada outra linha colorida e, em seu *Regulae de ignotu cantu*, Guido d'Arezzo (c. 995-1050) sugeriu o uso de três ou quatro linhas. Esta última proposta foi aceita e preservada como pauta tradicional da notação do canto gregoriano, estando ainda em uso para esse fim. (Uma pauta é o conjunto de linhas horizontais usadas para definir a altura de uma nota.)

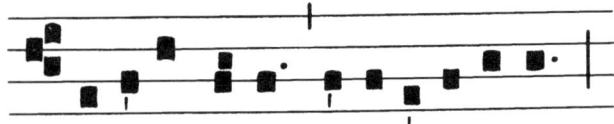

Fig. 3

Sons e símbolos

Do século XIII em diante ocorreram notáveis inovações em melodia, harmonia e ritmo, o que levou alguns engenhosos músicos e teóricos, com destaque para Philippe de Vitry (1290-1361), que está entre os muitos "pais" da notação musical, a ampliarem o campo da teoria musical. O tratado de Vitry, *Ars Nova,* explicou os princípios da nova arte em contraste com a antiga *(Ars Antiqua).* O novo sistema de notação por ele criado é, em alguns aspectos, semelhante ao por nós usado na atualidade. Entretanto, embora a pauta de cinco linhas (ou pentagrama), hoje utilizada, já tivesse aparecido no século XI, só a partir do século XVII houve concordância geral sobre seu uso. Muitos compositores consideraram necessário empregar mais de cinco linhas: Frescobaldi e Sweelinck, por exemplo, usaram pautas de oito e de seis linhas.

Examinaremos agora os princípios gerais da nossa atual notação musical.

Notação da altura

A altura dos sons é indicada na notação inglesa pelas primeiras sete letras do alfabeto. Por razões históricas, o alfabeto musical começa em C e não em A, sendo assim disposto: C D E F G A B, terminando de novo com C, o que produz um *intervalo* de C a C de oito *notas.* Essas oito notas são representadas pelas teclas brancas do piano (ver p. 205*).

Deparamo-nos aqui com uma dificuldade linguística que devemos resolver antes de prosseguir. No uso inglês,

---

* Daqui em diante, usarei o sistema de nomes silábicos para designar as notas da escala musical. Esse sistema recebeu o nome de solmização, e dou a seguir a equivalência com o alfabeto musical inglês: dó (C), ré (D), mi (E), fá (F), sol (G), lá (A) e si (B). (N. T.)

14 *Introdução à música*

a palavra *note* aplicada à música pode significar três coisas: (1) um único som; (2) o símbolo *escrito* de um som musical; (3) (mais raramente) uma tecla do piano ou chave de outro instrumento. Para evitar confusão, usarei doravante as palavras tecla ou chave *(key)* para o terceiro significado, e tentarei deixar claro pelo contexto qual dos significados (1) e (2) pretendo usar quando digo "nota". Neste parágrafo e no seguinte estou empregando a palavra "nota" no sentido (1).

O intervalo de oito notas de dó a dó (C a C) chama-se uma *oitava*. (Um intervalo é simplesmente a distância, ou diferença de altura, entre duas notas: assim, um intervalo de cinco notas é uma quinta, de quatro notas, uma quarta, e assim por diante. Tanto a primeira como as últimas notas são contadas.) O coeficiente das frequências dos dois dós (ver a descrição acústica na p. 6) é 1:2. Portanto, se a frequência do dó escolhido é 256 (é esse, de fato, o dó central no piano), a frequência do seguinte dó acima será 512 e abaixo, 128.

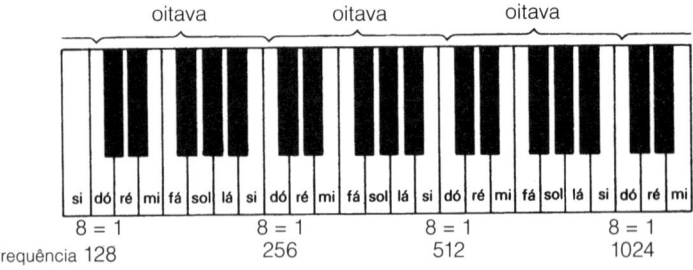

Fig. 4

Se tocarmos juntos dois dós separados por uma oitava no piano, o nosso ouvido imediatamente confirmará a existência de uma relação especial e peculiar entre elas: as duas soam "idênticas mas diferentes". A relação matemática de suas frequências explicará por quê.

Sons e símbolos **15**

De acordo com o mesmo princípio, podemos contar uma oitava a partir de qualquer das notas. Assim, ré a ré, mi a mi, etc., têm a mesma razão de dó a dó. Olhando para as teclas brancas de um piano, é fácil reconhecer o princípio subjacente de como os sons musicais estão divididos em proporções lógicas. A maioria dos teclados de piano divide-se em sete oitavas. Começando pela oitava mais baixa, seus nomes são: contra, grande, pequena, uma linha, duas linhas etc. As abreviaturas usuais (indicando, por exemplo, a posição exata do dó) são: Dó$_1$ (C$_1$, Dó (C), dó (c), dó$_1$ (c'), dó$_2$(c''), dó$_3$ (c'''), dó$_4$ (c'''').

Todavia tais notas (ou letras) são apenas marcos num vasto território. Como vimos, o método mais conveniente de orientação até hoje desenvolvido para definir a altura de uma nota é o uso de grupos de cinco linhas horizontais (a pauta ou pentagrama). Um grupo é usado para as notas de dó$_1$ (dó central) para cima, e outro grupo semelhante para as notas de dó$_1$ para baixo, colocado paralelamente ao primeiro grupo mas a uma curta distância dele.

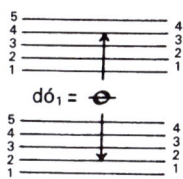

Fig. 5

As linhas e os espaços entre elas são usados como "posições" para as notas, mas é óbvio, assim mesmo, que dois grupos de cinco linhas e quatro espaços não são suficientes para todas as notas. Para superar essa dificuldade, adicionam-se curtas *linhas suplementares* à pauta, sempre que se faz necessário.

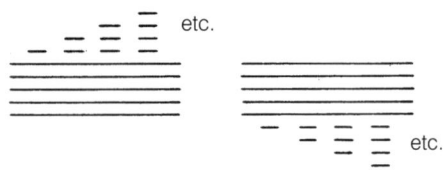

Fig. 6

Essas linhas são as remanescentes encurtadas da época em que eram usadas mais de cinco linhas num grupo.

Para encontrarmos com facilidade nosso caminho através desse mapa musical, é preciso ter uma espécie de bússola, pela qual possamos orientar-nos em termos musicais; saber quais são as alturas exatas representadas pelas notas. Essa função é preenchida, na música, pelas *claves*. Existem três espécies de claves: a clave de sol, a de fá e a de dó, das quais a de sol e a de fá são as mais comumente usadas.

Fig. 7

Pelos seus nomes, pode-se facilmente depreender que cada uma dessas claves representa certa nota (ou, no caso do alfabeto musical inglês, certa letra). O centro ou nota fixa da clave de sol está na segunda linha da pauta, mostrando que a segunda linha é o lugar de sol_1 (g′).

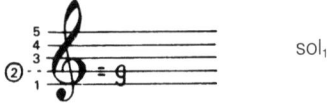

Fig. 8

É simples calcular a relação das outras notas com sol_1.

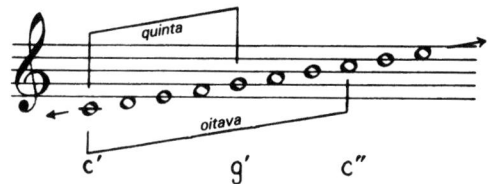

Fig. 9

Note-se que o dó central, dó$_1$ (c′), está na primeira linha suplementar e que sol$_1$ está separado dele por uma quinta. Portanto, vemos que, dada uma clave, cada linha e espaço representa uma *nota* constante e, assim, uma altura de som.

Fig. 10

Clave de fá

O problema de localizar as oitavas inferiores foi resolvido de modo semelhante. Mas, para distingui-lo da clave de sol, uma nova clave, a de fá, foi usada. Sua cabeça e os dois pontos (acima e abaixo da quarta linha) indicam que, na clave de fá, a quarta linha da pauta é o lugar para o fá. O lugar das outras notas pode ser calculado em relação a fá, do mesmo modo que na clave de sol.

Fig. 11

Fig. 12

O reaparecimento de dó$_1$ (c') na primeira linha suplementar superior mostra como essas oitavas se unem entre si, realizando dessa forma uma continuidade imperturbada.

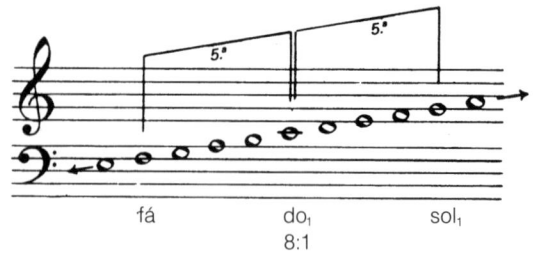

Fig. 13

Na música para violino, piano e outras, é necessário, com frequência, escrever notas muito altas ou muito baixas. Isso implica o emprego de muitas linhas suplementares, o que se torna cansativo para a vista. A solução desse problema consiste em escrever as notas uma oitava abaixo (ou acima), colocando o sinal *8va* sobre ou sob elas, indicando dessa forma que devem ser tocadas uma oitava acima ou abaixo.

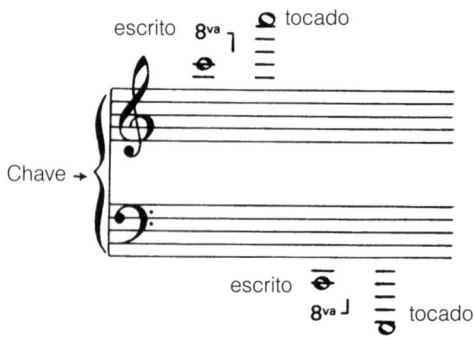

Fig. 14

Na escrita para piano, assim como para outros instrumentos ou vozes, a unidade entre as várias partes é acentuada pelo uso de uma *chave*.

Claves de dó

Desde meados do século XVIII o uso de claves de dó vem lentamente diminuindo, mas duas delas ainda são empregadas com frequência em música vocal e instrumental. São chamadas clave de dó na 3.ª (ou de contralto) e clave de dó na 4.ª (ou de tenor). Quando se entendeu o princípio das claves de sol e de fá, o uso dessas duas claves de dó não apresenta novas dificuldades. O centro da clave de contralto está na terceira linha, e o centro da clave de tenor está na quarta linha da pauta.

Fig. 15

Ambas indicam a posição do dó central (c'). A Fig. 16 mostra como as claves de dó estão relacionadas com a pauta e com as claves de sol e de fá.

Fig. 16

A razão para o uso das claves de dó é que, com elas, é frequentemente possível evitar o uso de um número excessivo de linhas suplementares.

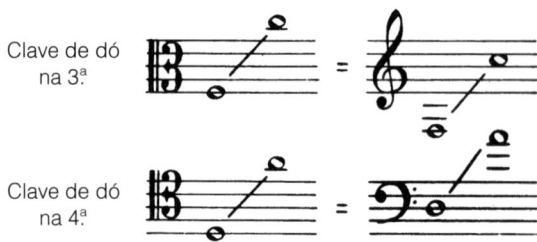

Fig. 17

O valor dos sons

A música acontece no tempo e, portanto, os músicos têm de organizá-la em função não só da altura mas também da *duração*. Precisam determinar se os sons que usam serão mais breves ou mais longos, de acordo com a finalidade artística a que desejam servir.

Já vimos que, para representar um som, além de o denominar silábica ou alfabeticamente, usamos um pequeno sinal oval. Esse sinal chama-se *nota* (ver p. 15). Há duas espécies de notas escritas: brancas e pretas (não confundir com as *teclas* pretas e brancas no piano).

Fig. 18

A função das notas é dupla. Além de indicarem a altura, também servem como sinais para o valor, ou duração de um som*. Como? É uma simples questão de progressão geométrica.

A mais longa figura em uso geral atualmente é a *semibreve*, que serve como unidade básica de comprimento. Esta

---

* Tendo, sob esse aspecto, o nome de *figuras*. (N.R.)

divide-se em 2 mínimas, 4 semínimas, 8 colcheias, 16 semicolcheias, 32 fusas e 64 semifusas. (Uma divisão adicional pode ser teoricamente feita, mas o uso musical da divisão 128 é tão excepcional que constitui apenas uma curiosidade. Um exemplo pode ser encontrado no segundo movimento da Sonata para piano, Op. 81, de Beethoven.) Elas distinguem-se pelo uso de *hastes* e *caudas* ligadas às notas pretas e brancas. Ei-las:

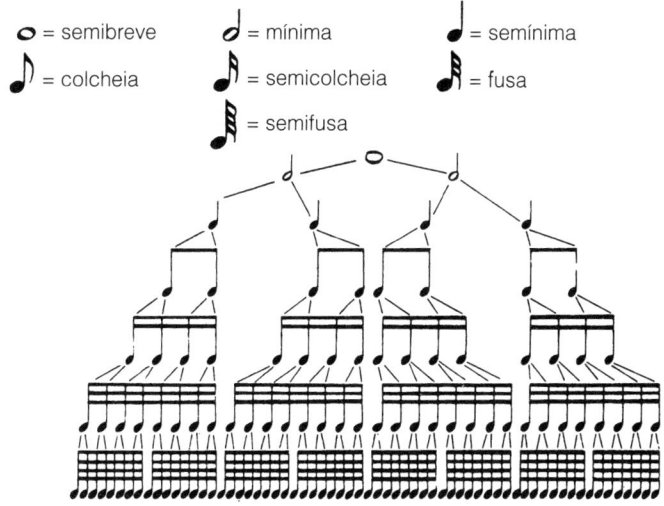

Fig. 19 Mostra como estão divididos os valores das notas (ver também o Apêndice 4, p. 202).

Os leitores poderão notar que em algumas partituras é usada uma figura mais longa do que a semibreve. É a breve (𝄴), que, como seu nome sugere, tem o dobro do comprimento da semibreve.

Quando várias figuras com caudas ocorrem juntas, o usual é juntar-lhes as hastes assim:

Fig. 20

Neste ponto é necessário fazer uma breve digressão a fim de mostrar como as notas devem ser escritas na pauta. O princípio fundamental consiste em fazer com que a escrita seja de leitura o mais clara possível e em agrupar as notas de tal modo que representem sempre uma unidade reconhecível. Portanto, a Fig. 21a não é correta porque não deixa claro se a nota está na terceira linha ou entre a segunda e a terceira linhas. A Fig. 21b é a correta.

Fig. 21

É geralmente aceito que a haste de uma nota deve ser escrita para cima quando a nota está na terceira linha ou abaixo desta, e para baixo quando está acima da terceira linha.

Fig. 22

Mas se várias notas de menor valor têm que ser agrupadas, as hastes estarão ligadas entre si independentemente de algumas das notas estarem acima ou abaixo das linhas centrais da pauta.

Fig. 23

No caso do canto, em que se apresentam sons e palavras, a prática geral é escrever uma nota separada para cada nova sílaba.

Pontos de aumento, ligaduras e fermatas

O prolongamento do valor de uma figura é indicado pelo uso de um ponto (ou pontos), ligadura ou fermata. Um *ponto* colocado depois da cabeça de uma nota representa exatamente metade do valor da própria nota. Assim:

Fig. 24

No caso de dois pontos de aumento, o segundo ponto adiciona metade do valor do primeiro ponto. Portanto, uma mínima com duplo ponto indica o comprimento de uma mínima, (mais sua metade) uma semínima, (mais sua metade) uma colcheia.

Uma *ligadura,* que é uma linha ligeiramente curva (⌒), serve para ligar duas notas da *mesma altura.* Assim, o som da primeira nota será alongado de acordo com o valor de tempo da nota ligada. Por razões de clareza, é frequentemente preferível usar notas ligadas em vez de uma nota com ponto de aumento. (Ver, por exemplo, a Fig. 44c.)

Fig. 25

O sinal de *fermata é o* seguinte: ⌒. Quando aparece, significa que o valor de tempo da nota deve ser prolongado. As notas com *fermata* são usualmente mantidas pelo dobro do tempo normal, mas podem ser mais longas ou mais curtas de acordo com o gosto musical do executante.

A fermata aparece com frequência no final de uma composição.

Fig.26

Pausas

Na fala, podemos às vezes tornar o nosso significado mais efetivo se fizermos uma breve pausa após uma palavra ou frase, do que se usarmos mais palavras ou frases. E, de qualquer modo, precisamos de tempo para respirar e pensar antes de prosseguir.

Em música, tais silêncios são indicados por um sinal chamado *pausa*. O princípio das pausas é simples. Cada tipo de figura tem sua própria pausa de igual duração.

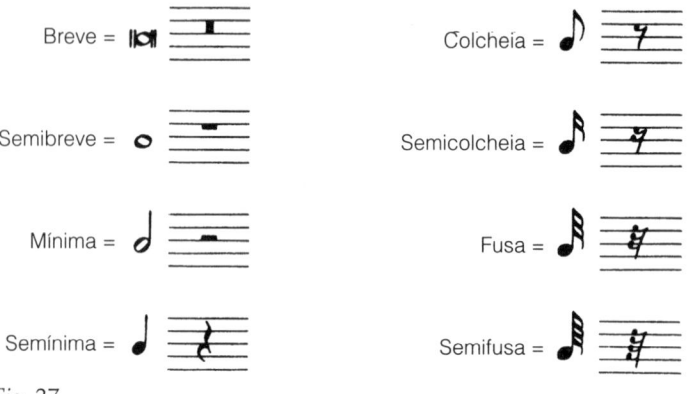

Fig. 27

Assinale-se que a pausa de semibreve fica *pendurada* na quarta linha e que a pausa de mínima *assenta* na terceira linha. As pausas podem ser marcadas com pontos e com fermatas, à semelhança das notas, mas nunca ligadas.

Sons e símbolos **25**

Ritmo

A observação da natureza fornece-nos a primeira prova evidente da presença de ritmo no universo. A alternação do dia e da noite, as ondas do mar rolando sem cessar, a pulsação do coração e a respiração sugerem que o ritmo tem forte ligação com o movimento que reaparece regularmente no tempo. Essa pulsação pode ser notada até em nossa fala cotidiana, mas é na poesia, onde as palavras e as sílabas estão mais ou menos estritamente agrupadas em certa ordem, que nos apercebemos de maneira especial de tal pulsação. Eis o primeiro verso de um soneto de Shakespeare:

Farewéll! thou árt too déar for my posséssing...

Os acentos indicam os lugares onde a pulsação rítmica tem maior intensidade.

Na música, onde o ritmo atingiu provavelmente sua suprema sistematização consciente, essa pulsação regular, ou *tempo,* apresenta-se em grupos de dois, três, e suas combinações compostas. O primeiro tempo de cada grupo é acentuado. A unidade métrica desde um acento até o seguinte chama-se *compasso*. Essa unidade é assinalada na música escrita por linhas verticais traçadas na pauta antes de cada tempo acentuado. São as *barras de compasso*. O fim de uma peça musical (ou de uma seção no interior de uma peça) é indicado por uma *barra dupla*.

Fig.28

Compasso binário

Se os tempos são agrupados de dois em dois, com um tempo forte alternando-se com um fraco, temos compassos de dois tempos. Isso é indicado por um algarismo escrito após a clave, entre a quinta e a terceira linhas da pauta.

Fig. 29a

Agora, para indicar que espécie de nota servirá como unidade básica de tempo no compasso, um segundo algarismo é escrito sob o primeiro. Na Fig. 29b, o 4 indica uma semínima.

Fig. 29b

Os dois algarismos, na forma de uma fração, constituem a indicação de compasso. O quadro seguinte fornece as indicações de compasso binário mais comuns.

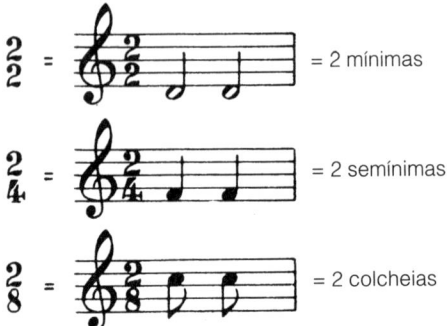

Fig. 30

A Fig. 31 dá um exemplo memorável de compasso binário, tal como foi usado por Beethoven.

Fig. 31 Beethoven: Sétima Sinfonia, 2.º movimento

Compasso ternário

Quando os tempos são agrupados de três em três, isto é, com um tempo forte e dois relativamente fracos num compasso, temos o compasso ternário.

Fig. 32

As valsas são, é claro, em compasso ternário e ao longo dos séculos tem sido esse o compasso mais frequentemente usado para danças – o minueto, por exemplo.

Fig. 33 Haydn: Sinfonia n.º 97 em dó maior

Compasso quaternário

O compasso quaternário pode ser descrito como um compasso binário duplo. Há nele dois grupos de dois tempos, com um acento secundário no terceiro tempo.

Fig. 34

Os compassos quaternários mais frequentemente usados e suas respectivas fórmulas são:

Fig. 35

O sinal C substitui com frequência o $\frac{4}{4}$, também chamado "compasso comum". Esse C não representa a palavra *comum*, mas é uma relíquia do período em que o compasso ternário era considerado um compasso "perfeito" por causa de sua analogia com a Santíssima Trindade e era simbolizado por um círculo. Por outro lado, o compasso quaternário era considerado "imperfeito" e, por conseguinte, seu símbolo era um círculo incompleto.

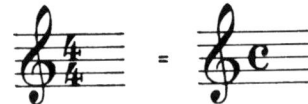

Fig. 36

Os primeiros quatro compassos do muito conhecido coral de Bach, *Herzlich tut mich verlangen,* dão um bom exemplo de compasso quaternário. Note-se a indicação de compasso, as fermatas e também o sinal mostrando que a passagem deve ser repetida.

Fig. 37

Este exemplo também ilustra o princípio segundo o qual, se o compasso inicial de uma peça é incompleto, o último compasso deve fornecer o valor de tempo que falta, completando assim a simetria do todo. Aqui, o "tempo fraco" inicial completa a duração do último compasso.

Compasso composto

Os tempos acima descritos são todos eles chamados tempos "simples". Se o "numerador" de um compasso simples for multiplicado por 3, obteremos o tempo "composto". Por exemplo, $\frac{2}{4}$ passa a ser $\frac{6}{4}$. Isso significa que cada metade do compasso é dividida em três partes iguais.

Fig. 38 (Notar a clave de dó na 3.ª [contralto]!)

Os tipos mais comuns de compasso binário composto são:

Fig. 39 (Notar a clave de dó na 4.ª [tenor]!)

A Fig. 40 fornece um exemplo familiar de compasso binário composto.

Fig. 40

De acordo com os seus acentos, o compasso $\frac{12}{8}$ pode ser binário composto ou quaternário composto. A Fig. 41 ilustra como.

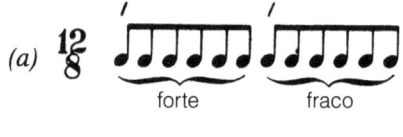

Fig. 41

A abertura da *Paixão segundo São Mateus,* de Bach, é uma das mais nobres melodias até hoje escritas em compasso quaternário composto.

Os compassos ternários compostos mais comumente usados são:

Fig. 42

O compasso assimétrico aparece quando o número de tempos no interior de um compasso é cinco ou sete. Isso se consegue combinando o compasso binário e o ternário, por exemplo, 3 + 2 = 5, ou 2 + 3 = 5; 4 + 3 = 7, ou 3 + 4 = 7, ou 2 + 3 + 2 = 7. Em cada caso, o acento interno muda de acordo com as combinações. Esses padrões aparecem instintivamente na música folclórica da Europa central e oriental e da Ásia; por exemplo, na Bulgária, Hungria e Rússia. Na música moderna, podem ser encontrados abundantes exemplos, sobretudo na obra de Stravinsky e Bartók. Suas fórmulas de compasso usuais são:

Fig. 43

Outros recursos rítmicos

Naturalmente, nenhum compositor se contenta em escrever em grupos de notas perfeitamente regulares com um tempo implacável; tal como na poesia, boa parte do jogo consiste em *variar* a posição do acento. O uso de tempo assimétrico, conforme foi mencionado acima, constitui uma das maneiras de introduzir a variedade. Outro recurso muito mais comum é a *síncope*, que se apresenta na música de todos os gêneros. Síncope significa o deslocamento deliberado do acento normal, isto é, a acentuação de um tempo fraco em vez de um tempo forte. O efeito que se obtém é o de tensão e excitação. Na música erudita europeia a síncope apareceu pela primeira vez na *Ars Nova* francesa e, dessa época em diante, tem tido participação constante na composição musical "erudita" e "ligeira". Hoje, o seu uso dionisíaco pode ser mostrado em toda a música de jazz.

Os quatro métodos mais comuns de produção de síncope são:

(a) Colocar com acento nos tempos fracos.

(b) Colocar pausas nos tempos fortes.

(c) Prolongar uma nota que ocorre num tempo fraco até o tempo forte.

(Bartók)

(d) Introduzir uma súbita mudança da fórmula do compasso e, portanto, de ritmo.

Fig. 44

Sons e símbolos **33**

A Fig. 44d também ilustra o fato de que a indicação de compasso tem que ser assinalada quantas vezes houver mudança de compasso.

Acontece com frequência haver, dentro de um tempo regular, *grupos irregulares de notas*. Os grupos usados mais assiduamente denominam-se: bisina, tercina, quatrina, quintina, sextina e septina. São sempre indicados por um algarismo escrito acima ou abaixo do grupo de notas, por exemplo: ♪♪♪♪♪, quintina; muitas vezes, uma ligadura é acrescentada, para maior clareza: ♪♪♪♪♪.

O modo de tocar ou pensar esses grupos consiste em dividi-los exatamente em proporção ao tempo básico.

Fig. 45

Ornamentos

Na música, assim como nas belas-artes, um ornamento é algo adicionado para fins decorativos à obra principal. Sua manifestação mais espontânea pode ser apreciada entre os camponeses de várias nações, que frequentemente gostam de decorar suas canções adicionando-lhes notas extras conhecidas como melismas. Eles fazem isso instintivamente, improvisando. Na música erudita, as várias notas decorativas são deliberadamente compostas e claramente indicadas na notação. Os ornamentos musicais mais comuns são: a *appoggiatura*, a *acciaccatura*, os *mordentes superiores e inferiores*, *o grupeto* e o *trinado*. A Fig. 46 mostra como esses ornamentos são escritos e como devem ser executados.

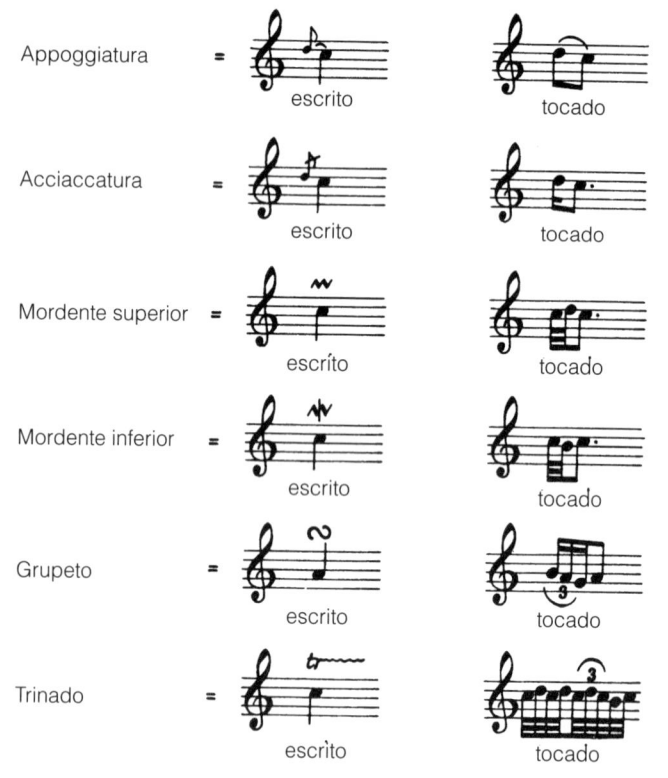

Ornamento	Escrito	Tocado
Appoggiatura		
Acciaccatura		
Mordente superior		
Mordente inferior		
Grupeto		
Trinado		

Fig. 46

Tempo ou andamento

Ritmo e andamento fornecem, em conjunto, a vitalidade, o temperamento da música – poderíamos dizer, o seu sistema nervoso. Juntos determinam o *caráter* de uma com-

Sons e símbolos **35**

posição. *Tempo* é o termo italiano usado para indicar todas as variações de *velocidade,* da muito rápida à muito lenta. Na música escrita, as indicações de andamento são colocadas acima da pauta, usualmente em italiano. Os *tempi* ou andamentos mais importantes são:

Grave muito lento
Lento lento
Largo pausado
Larghetto pausado mas não tanto quanto o *Largo*
Adagio de um modo calmo, sem pressa
Andante de um modo fluente e moderado, como quem caminha
Moderato moderado
Allegretto um pouco rápido
Allegro rápido
Vivace vivo
Presto muito rápido
Prestissimo o mais rápido possível

A indicação *alla breve,* também assinalada pelo sinal ₵, é simplesmente outra maneira de escrever $\frac{2}{2}$.

Há muitas outras palavras e frases usadas para descrever os *tempi* ou andamentos. Destas, só podemos citar aqui algumas dentre as mais comuns: por exemplo, *giusto,* exato, preciso; *assai* e *molto,* muito; *con moto,* com movimento; *sostenuto,* sustentado; *ma non troppo,* mas não em demasia; *con fuoco,* com fogo.

Muitos compositores, desde Beethoven, também dão indicações de metrônomo para assinalar *tempi* exatos, e alguns contentam-se, até, só com um valor de metrônomo. (O metrônomo é um instrumento mecânico que mede o número de batidas por minuto a qualquer velocidade dada.) Stravinsky, por exemplo, chama o primeiro movimento de sua Sinfonia em três movimentos simplesmente de ♩ =160 (isto é, 160 semínimas por minuto).

Uma mudança de andamento também é assinalada em italiano, como, por exemplo, *più allegro*, mais rápido; *meno mosso*, menos movimentado; *accelerando*, *stringendo*, ficando gradualmente mais rápido; *rallentando*, ficando gradualmente mais lento; *ritenuto*, retido, retardado; *rubato*, em andamento flexível. A indicação de retorno ao andamento original da peça é *tempo primo* (= *tempo I* = *a tempo*).

Dinâmica

Já vimos que o volume de som depende da amplitude da vibração. Segue-se que quanto mais forte é a estimulação de um corpo vibratório, mais forte é o som e vice-versa. Se ferimos o teclado de um piano, produzimos sons mais fortes ou mais suaves de acordo com o vigor de nossa percussão. A nossa energia é transmitida pela sensível construção do teclado às cordas geradoras de som. A gradação entre sons muito suaves e muito fortes é dividida em vários graus de volume. Estes são representados por *sinais* (ou *indicações*) *de dinâmica*.

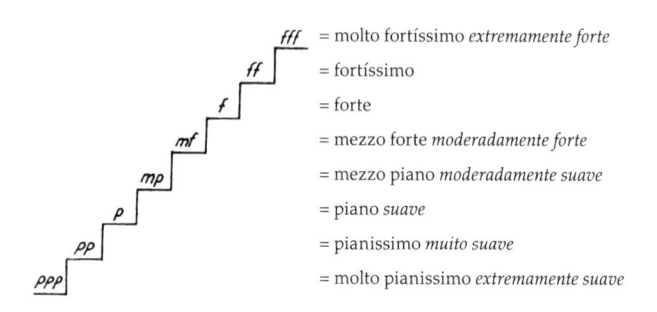

fff = molto fortíssimo *extremamente forte*
ff = fortíssimo
f = forte
mf = mezzo forte *moderadamente forte*
mp = mezzo piano *moderadamente suave*
p = piano *suave*
pp = pianissimo *muito suave*
ppp = molto pianissimo *extremamente suave*

Estas indicações são usualmente escritas sob a pauta, indicando com que força ou suavidade as notas devem ser tocadas.

Fig. 47 (Beethoven)

Numa composição musical, a transição de um grau dinâmico para outro pode ser súbita ou gradual. A súbita mudança dinâmica é indicada mediante a colocação das necessárias indicações sob as notas, toda vez que a mudança é requerida. Para esse fim, alguns sinais de dinâmica podem ser combinados, por exemplo, *fp*, significando *forte* subitamente seguido de *piano* (suave). A palavra italiana *subito (sub.)*, "repentinamente", também é usada, por exemplo, *p sub*, "repentinamente piano". As palavras *più* = mais e *meno* = menos também são empregadas para indicar mudança de volume. Por exemplo, *più forte* = mais forte, *meno piano* = menos piano. A transição gradual de uma dinâmica para outra é usualmente indicada por um sinal em forma de cunha. Também é descrita em palavras: por exemplo, *crescendo (cresc.)* ⟨= aumento progressivo de volume; *decrescendo* ou *diminuendo (decresc, dimin.* ou *dim.)* ⟩= diminuição progressiva de volume; *morendo* ou *smorzando,* extinguindo-se gradualmente.

Outros sinais "de expressão"

Existem vários outros sinais que indicam efeitos especiais. Os mais frequentemente usados são: o qual indica *sforzando,* ou *sforzato (sf, sfz)*, isto é, forçando uma nota ou um acorde com um acento forte; ♩ indica *staccato*, um curto som destacado; ♩ indica *staccatissimo*; ♩ indica *tenuto* e significa que a nota tem de ser mantida, prolongada ou sustentada em seu valor exato de tempo, e ligeiramente acentuada. Esses sinais são colocados acima ou abaixo da cabeça de cada nota a que se referem. A ligadura de expressão ⌒ fica sobre ou sob duas ou mais notas, não necessariamente da mesma altura, indicando que elas devem ser tocadas como uma unidade, ligadas umas às outras. A palavra italiana para isso é *legato*, que significa ligado, isto é, sem interrupção de som, e é o oposto de *staccato*. Por vezes, o modo de execução é sugerido por um adjetivo como *cantabile*, cantado; *sostenuto*, sustentado; *dolce*, delicado; *giocoso*, festivo, jocoso; *maestoso*, majestoso; *grazioso*, gracioso; *animato*, animado, vibrante.

Vimos, por alto, do que a música é feita, em termos de física, e como os sons musicais são escritos. Examinaremos agora em maior detalhe o material da música e veremos exatamente como se relacionam entre si as várias notas dentro da oitava: quais são, de fato, as características particulares do sistema musical europeu.

Tons e semitons

Um teclado de piano tem duas espécies de teclas: pretas e brancas. Vimos que uma oitava tocada nas teclas brancas, por exemplo, de dó$_1$ a dó$_2$, consiste em oito notas em sucessão, dó$_1$, ré$_1$, mi$_1$ fá$_1$, sol$_1$, lá$_1$, si$_1$ e dó$_2$. Ao tocarmos essas notas excluímos as teclas pretas. Se tocarmos a mesma oitava de novo, mas incluirmos agora as teclas pretas, teremos de notar que algumas teclas brancas estão separadas entre si por teclas pretas e outras não. Isso mostra que entre teclas brancas vizinhas há distâncias maiores e menores. As

Fig. 48

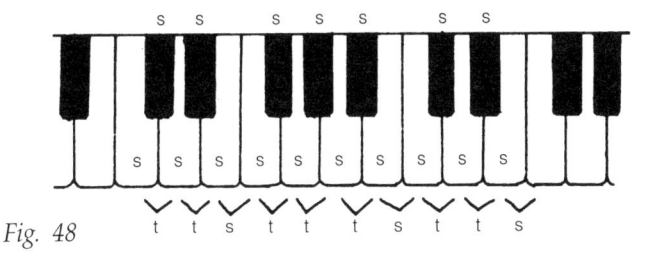

maiores denominam-se *tons inteiros* (ou simplesmente *tons*) e as menores *semitons*.

Na música ocidental convencional, o semitom é o menor intervalo usado. Isso pode ser constatado no piano, subindo ou descendo de uma nota para a que lhe é *imediatamente* adjacente.

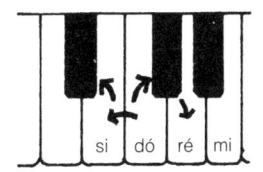

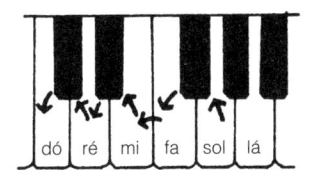

Fig. 49

Bemóis, sustenidos e bequadros

Os sinais utilizados para indicar a elevação ou diminuição da altura de uma nota em um semitom chamam-se *sustenidos* e *bemóis*. São representados assim: ♯ (sustenido), ♭ (bemol), e são diretamente colocados *antes* da nota que alteram. Portanto, dó com um sustenido converte-se em dó sustenido, ré com um sustenido em ré sustenido, e assim por diante; ou lá com um bemol passa a ser lá bemol, si com um bemol, si bemol etc.

Fig. 50

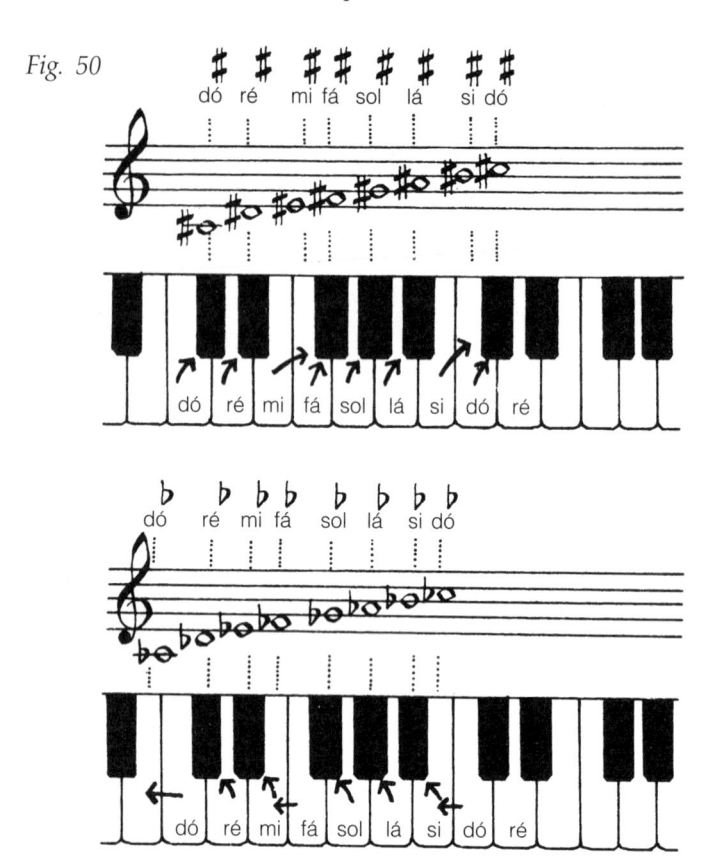

Por vezes, é necessário elevar ou diminuir uma nota não em um mas em dois semitons, isto é, um tom inteiro. Nesse caso, aplicam-se os sinais chamados duplo sustenido (♯♯ ou ✕) e duplo bemol (♭♭).

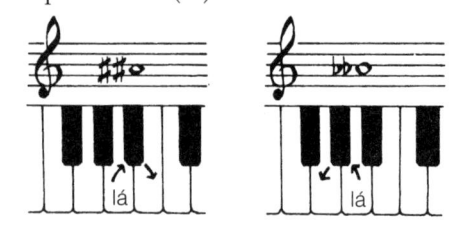

Fig. 51

Para reajustar uma nota sustenizada ou bemolizada à altura básica, por exemplo, fá sustenido a fá, é usado o sinal *bequadro* (♮).

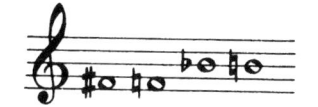

Fig. 52

Escalas

Já vimos que a distância, por exemplo, de dó$_1$ a dó$_2$ ou de ré$_1$ a ré$_2$ produz um intervalo de uma oitava. Uma escala é simplesmente uma série de notas construídas em progressão ascendente ou descendente a partir de qualquer nota em sua oitava. A palavra "escala" provém do latim *scala,* que significa "escada". Portanto, a comparação entre os nomes das notas (ou os graus de uma escala musical) e os degraus de uma escada é óbvia. Existem muitas escalas, por exemplo, a *pentatônica* (cinco notas), a *sa-grama* hindu, a escala arábica de 17 tons, a escala de *tons inteiros* etc. A escala básica da música europeia é a *escala diatônica,* que consiste em tons inteiros e semitons dentro de uma oitava.

A origem do sistema de escalas europeu pode ser atribuída aos gregos, que costumavam denominar suas escalas de acordo com os nomes de suas tribos como, por exemplo, dórica, frígia, lídia, jônica, mixolídia. Essas são as principais escalas, consistindo numa gama característica de tons inteiros e semitons em ordem *descendente.*

Cada uma dessas escalas tinha uma companheira subordinada, começando uma quinta abaixo de cada escala principal. Seus nomes eram os mesmos que os principais mas com o aditamento do prefixo grego *hipo,* que significa "sub". Por conseguinte, a escala subordinada da dórica era

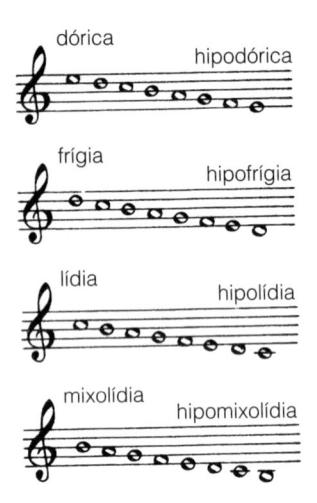

Fig. 53

chamada hipodórica, a da lídia era hipolídia, e assim por diante.

Os músicos da Igreja católica, obviamente influenciados pelos gregos, adotaram suas escalas mas, por um obscuro mal-entendido, iniciaram seus *modos* (como os chamavam)

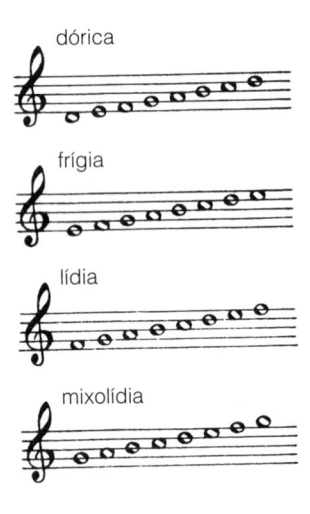

Fig. 54

em ré-mi-fá-sol e, ao contrário dos gregos, usaram as notas em ordem *ascendente*. Assim, na Idade Média, a escala dórica grega tornou-se o modo frígio, a escala frígia passou a ser o modo dórico etc. Esses são os chamados *modos autênticos,* correspondentes às escalas gregas "principais".

Os equivalentes medievais das escalas gregas "hipo" são os *modos plagais,* começando uma quarta abaixo de cada modo autêntico. O prefixo *hipo* foi adotado para eles. A diferenciação de um modo foi assinalada não só por sua gama peculiar de tons e semitons, mas também por sua nota *final,* que era a nota mais baixa de um modo autêntico. Assim, a nota final de uma melodia escrita, por exemplo, em modo mixolídio seria sol. A nota final do modo hipomixolídio concomitante seria também sol.

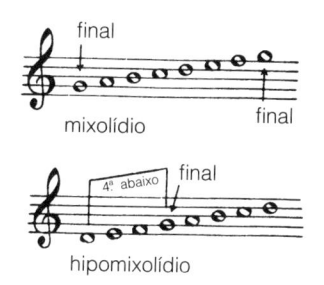

Fig. 55

Os modos eólio e jônico, praticamente idênticos às nossas escalas menor e maior, estavam em uso há muito tempo antes de serem oficialmente aceitos, no século XVI. Muitas canções folclóricas, danças, *rounds** etc., foram compostos nesses dois modos. A Igreja não os usou muito, possivelmente por causa de sua popularidade e pelo que se pensava

---

* O *round* é uma canção para várias vozes, em forma de cânone (ver este termo na Parte II), popularíssima na Inglaterra a partir do século XVI. (N. R.)

ser seu sabor secular e profano. Um exemplo bem conhecido de música inglesa antiga é o round *Sumer is icumen in* (século XIII): é no modo jônico, o qual foi reprovado pela Igreja e rotulado de *modus lascivus* (modo lascivo).

Entretanto, os modos jônico e eólio acabaram sendo aceitos e serviram como base para as nossas escalas modernas. Estas, de acordo com a sua disposição peculiar de tons e semitons, são chamadas escalas *maior* e *menor*. Talvez seja este o momento apropriado para advertir e afastar o leitor da falácia comum de que as escalas vêm primeiro e a música depois. Citando Sir Hubert Parry: "As escalas são feitas no processo de tentar produzir música, continuando a ser alteradas e modificadas, geração após geração, até mesmo quando a arte atingiu um elevado grau de maturidade". Em suma, a arte criativa vem primeiro, a teoria segue-a depois.

Escalas maiores

Se tocamos todas as teclas brancas do piano, de dó$_1$ até dó$_2$, obtemos uma *escala maior*. Chama-se maior por causa de sua gama característica de tons e semitons.

Fig. 56

O que faz uma escala ser maior é o intervalo característico entre o primeiro e o terceiro graus da escala, a que se dá o nome de *terça maior*.

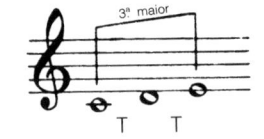

Fig. 57

Sons e símbolos **45**

Cada grau, ou nota, de uma escala é indicado por um algarismo romano, assim: I II III IV V VI VII VIII. A primeira nota chama-se *tônica* e é a nota mais importante da escala.

O grau que se lhe segue em importância é o quinto, chamado *dominante* por causa de sua posição central e papel dominante na melodia e na harmonia. A *subdominante* é o quarto grau da escala (uma quinta *abaixo* da tônica, tal como a dominante é uma quinta *acima* da tônica) e tem um papel ligeiramente menos importante do que o da dominante.

O sétimo grau da escala chama-se *sensível* e desempenha uma função muito importante na música tonal, que é a de "conduzir" à tônica, a qual está um semitom acima dela.

O *mediante* é o terceiro grau da escala, situando-se a meio caminho entre a tônica e a dominante. O sexto grau de uma escala, o *submediante,* tem igualmente um papel "mediante" entre a tônica e a subdominante.

O segundo grau da escala, situado um tom acima da tônica, chama-se *supertônica*.

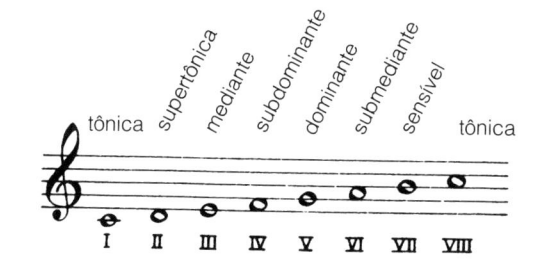

Fig. 58

A maioria das pessoas já teve uma vez a experiência de começar a cantar uma melodia e descobrir, a meio caminho, que tinham principiado alto demais ou baixo demais, de modo que se viram na necessidade de recomeçar numa altura de som mais confortável; mas a mudança de altura

mesma tecla preta e dizemos, portanto, que são equivalentes enarmônicos. Uma nota enarmônica é como uma palavra com duas grafias mas um só significado. O diagrama do círculo de quintas mostra que si♯ (B♯) e ré♭♭ (D♭♭) são equivalentes enarmônicos de dó (C).

Fig. 65

Tonalidade

A Fig. 64 ilustra o chamado *sistema tonal*. A palavra *tom* é usada para definir a *tonalidade* de uma escala ou peça musical, ou seja, diz-nos qual é a sua *tônica* ou a primeira nota dessa escala ou peça musical em direção à qual todas as outras notas gravitam. Assim, dizemos que tal peça é *no tom* de dó maior ou ré menor etc.; ou, por outras palavras, que dó ou ré é o centro tonal da peça. Portanto, música *tonal* é música escrita no *sistema tonal,* música que se apoia, para a sua construção, num tom ou centro tonal. Assinale-se que a semelhança entre a tônica e a modal final é superficial. A principal diferença entre o sistema tonal e o modal é que a tonalidade depende da altura; a modalidade é independente da altura, só dependendo de certas gamas características de intervalos.

Armaduras da clave

Para indicar em que tom uma composição está escrita, a solução mais simples não era inserir os necessários acidentes (como são comumente chamados os sustenidos e

Sons e símbolos **51**

bemóis) o tempo todo, mas colocá-los na pauta entre a clave e a indicação de compasso. Portanto, no tom de ré maior, por exemplo, os fás e dós sustenidos requeridos, colocados entre as claves e a indicação de compasso na Fig. 66, significam que todos os fás e dós serão tocados em sustenido, enquanto não houver indicação em contrário.

Fig. 65

A Fig. 67 mostra como os sustenidos e os bemóis são indicados nas pautas para todas as escalas, de sol maior e fá maior até dó sustenido maior e dó bemol maior.

Fig. 67

Escalas menores

Vimos que o intervalo característico que fez uma escala maior foi o intervalo entre sua tônica e sua mediante. Ele recebeu o nome de terça maior e consiste em dois tons inteiros, por exemplo, dó$_t$ ré$_t$ mi. A principal característica da escala menor é que o intervalo entre a tônica e a mediante é um tom inteiro e um semitom, por exemplo, lá$_t$ si$_s$ dó. Este intervalo chama-se *terça menor*. Tocando uma escala nas teclas brancas a partir de lá, obtemos uma série de intervalos que consiste em T S T T S T T. Essa série é conhecida como escala *menor natural*.

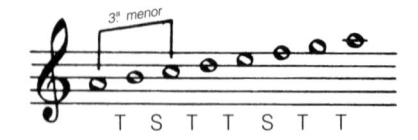

Fig. 68

O intervalo entre o sétimo e o oitavo graus dessa escala é um tom inteiro e, como sabemos, a nota sensível deve normalmente ser um semitom abaixo da tônica. Portanto, para fazer dele o grau sensível é necessário elevá-lo um semitom. Assim fazendo, obtemos o padrão característico da escala *menor harmônica*.

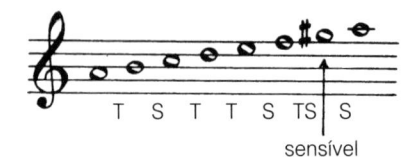

Fig. 69

Cada escala maior tem sua escala menor relativa, a qual possui a mesma armadura de clave: a submediante de uma escala maior é a *tônica* de sua *escala menor relativa*. Ou, pelo ângulo da escala menor: a *mediante* de uma escala menor é a *tônica* de sua escala maior relativa.

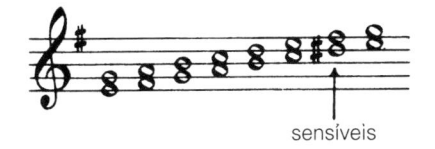

Fig. 70

sensíveis

O acidente que assinala o grau sensível de uma escala menor (o qual, como o leitor recorda, teve que ser alterado) é sempre indicado separadamente, *antes da nota,* nunca sendo posto com a armadura da clave. (Os nomes de escalas menores na notação alfabética costumam ser dados em letras minúsculas.)

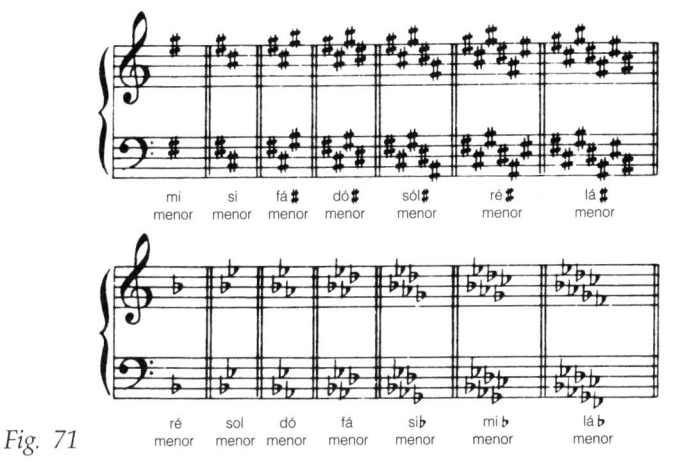

Fig. 71

Essa relação maior-menor mostra que a lei enunciada a respeito das escalas maiores (ver p. 48) também se aplica às escalas menores: um círculo de quintas também pode ser traçado para demonstrar as relações entre as escalas menores. A única diferença é que a nota inicial é lá, a menor relativa da escala de dó maior.

Fig. 72

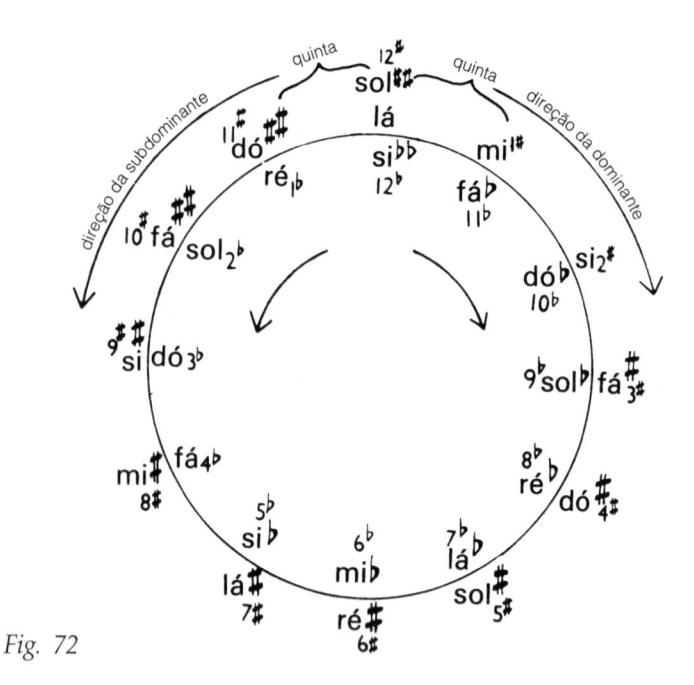

Melodicamente, o salto de um tom e meio entre os graus VI e VII da escala menor harmônica parece, por vezes, desgracioso. Mas se o sexto grau de uma escala menor também for sustenizado, a progressão melódica torna-se uniforme.

Fig. 73

Os compositores do século XVIII em diante descobriram que, melodicamente, é mais suave, mais satisfatório, se os sexto e sétimo graus da escala forem sustenizados quando ascendentes mas abemolados quando descendentes. Esse tipo de escala menor chama-se *escala menor melódica*. Portanto, todas as escalas menores harmônicas podem tornar-se "melódicas" sustenizando o sexto grau (submediante) ascendente e bemolizando os sétimo e sexto graus descendentes.

Fig. 74

Recorde-se que, se uma nota sustenizada se tornar natural, isso tem o efeito de abemolá-la; do mesmo modo, se uma nota abemolada se fizer natural, isso tem o efeito de sustenizá-la. A abemolação dos sétimo e sexto graus, quando descendentes, não é de forma nenhuma invariável na composição, como podemos ver, por exemplo, no Concerto em ré menor para dois Violinos (BWV 1043), de Bach, onde em algumas passagens descendentes eles não estão abemolados.

Escalas cromáticas

Se tocarmos todas as notas (brancas e pretas) do dó central ao dó$_2$ obteremos uma escala composta de 12 semitons. É a escala cromática.

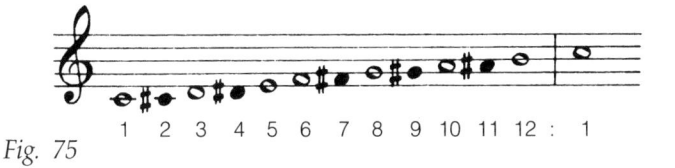

Fig. 75

As escalas cromáticas, tanto ascendentes quanto descendentes, podem ser construídas a partir de qualquer nota, deslocando-se de semitom em semitom. Na escrita de escalas cromáticas, a prática usual é sustenizar as notas ascendentes e abemolar as descendentes.

Fig. 76

Existem mais duas escalas que merecem a nossa atenção por causa de sua frequente aparição nas obras de compositores do final do século XIX e do século XX. São as escalas pentatônica e de tons inteiros.

Escala pentatônica

A escala pentatônica (*penta* = cinco) consiste em cinco notas: pode ser facilmente produzida no piano tocando-se somente as cinco teclas pretas, a começar do fá sustenido, assim: fá♯ – sol♯ – lá♯ – dó♯ – ré♯. Esta escala é uma das mais antigas que se conhece, tendo surgido por volta de 2000 a.C. É muito popular entre os povos de várias nações e tem servido como escala básica para numerosas canções folclóricas. Um exemplo muito conhecido de uma canção pentatônica é a escocesa *Auld lang syne.*

Escala de tons inteiros

A escala de tons inteiros, como seu próprio nome sugere, é um escala que consiste unicamente em tons inteiros. Fundamentalmente, só existem duas dessas escalas: uma que começa em dó e outra começando em dó sustenido (ou seu equivalente enarmônico, ré bemol). Seja qual for a nota escolhida como ponto de partida, qualquer escala de tons inteiros corresponderá a uma das duas sequências da Fig. 77.

Fig. 77

Embora a escala de tons inteiros tenha aparecido nas composições de Liszt e outros, seu uso está principalmente associado à obra de Debussy. A ausência de semitons (portanto, de uma nota sensível) confere a essa escala uma qualidade devaneadora e nebulosa, a qual serviu perfeitamente ao vocabulário musical da escola impressionista.

Intervalos

Já nos deparamos antes com a palavra intervalo, e o leitor recordará que a definimos como a diferença de altura entre duas notas. Já encontramos também numerosos exemplos de intervalos, como a oitava, a quinta, a quarta e a terça, em nossa exposição sobre notação e escalas. Resumiremos agora os vários intervalos e lhes dedicaremos um exame um pouco mais detalhado.

Vimos que cada grau de uma escala recebeu um algarismo romano, assim: I II III IV V VI VII VIII. A tônica é indicada por I. Os mesmos algarismos são usados para designar os intervalos. O primeiro, um pseudointervalo formado pela tônica e sua duplicata, chama-se *uníssono* (=um só som). O termo uníssono também é usado quando duas ou mais vozes, ou dois ou mais instrumentos, cantam ou tocam na mesma altura de som ou com separação de uma oitava. O intervalo seguinte, entre I e II, é uma segunda; entre I e III, uma terça; entre I e IV, uma quarta, e assim por diante.

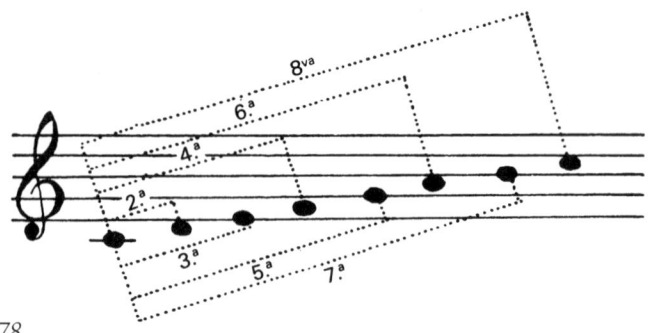

Fig. 78

Esta é, grosso modo, uma classificação numérica dos intervalos. Mas, como vimos no caso das escalas maior e menor, uma terça pode ser maior ou menor, de acordo com a disposição de seus tons e semitons. Isso mostra que, à parte a distinção numérica de um intervalo, também existem distinções qualitativas. Estas são em número de cinco: justo, maior, menor, aumentado e diminuto.

Intervalos justos são o uníssono, a quarta, a quinta e a oitava. Os intervalos restantes, como a segunda, a terça, a sexta e a sétima são *intervalos maiores.* Se um intervalo maior é reduzido de um semitom, obtemos um *intervalo menor;* assim, dó-mi é uma terça maior, mas dó-mi bemol é uma terça menor; dó-ré é uma segunda maior, mas dó-ré bemol é uma segunda menor; e assim por diante. Vimos que a razão das frequências das duas notas de qualquer oitava é 1:2. As razões das frequências de outros intervalos também podem ser calculadas: da quinta, 2:3; da quarta, 3:4; da terça maior, 4:5; da terça menor, 5:6; do tom inteiro, 8:9 etc. Note-se que os intervalos justos são caracterizados pelas frações mais simples.

Sons e símbolos **59**

Falamos de *aumento* quando um intervalo justo ou maior é aumentado de um semitom. Por exemplo, dó-sol é uma quinta justa, mas dó-sol sustenido é uma quinta aumentada. Qualquer intervalo justo ou menor reduzido de um semitom passa a chamar-se intervalo *diminuto.* Dó-sol é uma quinta justa, mas dó-sol bemol é uma quinta diminuta. A Fig. 79 ilustra esses intervalos em relação ao dó central.

Fig. 79

A quarta aumentada é também chamada de *trítono,* uma vez que consiste em três tons inteiros. Na Idade Média, era apelidada de *diabolus in musica,* por causa de seu som algo sinistro.

Quando são usados intervalos maiores do que uma oitava, seus nomes acompanham a progressão numérica, como era de se esperar. Assim, o intervalo seguinte à oitava é a nona, que é igual a uma oitava mais uma *segunda.*

décima = oitava mais terça;

undécima ou décima primeira = oitava mais quarta;
duodécima ou décima segunda = oitava mais quinta;
décima terceira = oitava mais sexta etc.

Esses intervalos maiores do que a oitava são usualmente chamados *intervalos compostos*.

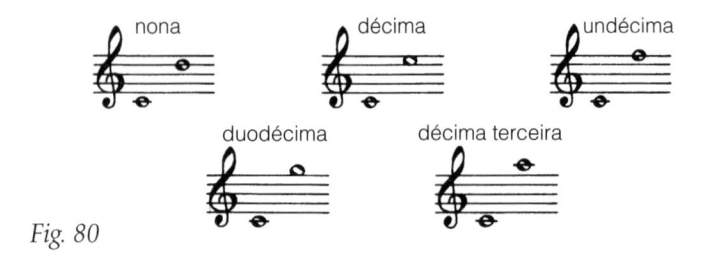

Fig. 80

Inversão de intervalos

Vimos que a subdominante de uma escala é a quarta acima e a quinta abaixo da tônica. Por exemplo, em dó maior a subdominante é fá, que é uma quarta acima e uma quinta abaixo de dó. O intervalo entre os dois fás é obviamente uma oitava. Isso nos leva a descobrir que um intervalo e sua inversão complementam-se mutuamente dentro de uma oitava. Por exemplo, uma quarta invertida torna-se uma quinta e uma quinta invertida passa a ser uma quarta, e uma quinta e uma quarta juntas formam uma oitava. Portanto, quando se inverte um intervalo, ou a nota inferior fica uma oitava mais alta ou a nota mais alta desce uma oitava.

Fig. 81

A tabulação da inversão é a seguinte:

   I O uníssono torna-se oitava, a oitava torna-se uníssono.
  II A segunda torna-se sétima, a sétima torna-se segunda.
 III A terça torna-se sexta, a sexta torna-se terça.
 IV A quarta torna-se quinta, a quinta passa a ser quarta.
  V A quinta torna-se quarta, a quarta passa a ser quinta.
 VI A sexta torna-se terça, a terça torna-se sexta.
VII A sétima torna-se segunda, a segunda torna-se sétima.
VIII A oitava torna-se uníssono, o uníssono torna-se oitava.

Por uma questão de simplicidade, todos os exemplos dados neste exame dos intervalos e suas inversões foram em dó maior, mas as mesmas relações encontram-se, é claro, em qualquer tom.

Chegamos agora ao fim de nossa discussão dos "rudimentos" da música, os quais fornecem a base para um estudo teórico mais amplo. Exploraremos agora algumas das muitas maneiras como os compositores combinaram os sons musicais em suas criações.

Sugestões para leituras complementares

Apel, W., *The Harvard Dictionary of Music,* Heinemann
Apel, W., e Daniel, R.T., *The Harvard Brief Dictionary of Music,* Heinemann
Berger, M., e Clark, F., *Science and Music from Tom-Tom to Hi-Fi,* John Murray
Buck, P.C., *Acoustics for Musicians,* Oxford University Press *The Scope of Music,* Oxford University Press *Grove's Dictionary of Music and Musicians,* Macmillan
Helmholtz, H.L.F., *On the Sensations of Tone,* Dover Books
Jacobs, A., *A New Dictionary of Music,* Penguin Books
Jeans, Sir J., *Science and Music,* Cambridge University Press
Lowery, H., *The Background of Music,* Hutchinson
Parrish, C., *The Notation of Medieval Music,* Faber
Robertson, A., e Stevens, D. (coord.), *The Pelican History of Music: Vol. 1, Ancient Forms of Poliphony; Vol. 2, Renaissance and Baroque; Vol. 3, Classical and Romantic,* Penguin Books
Sachs, C., *Rhythm and Tempo,* Norton
Scholes, P.A., *The Oxford Companion to Music,* Oxford University Press
Seashore, C. E., *Psychology of Music,* McGraw-Hill
Wood, A., *The Physics of Music,* Methuen

Parte II

Harmonia e contraponto

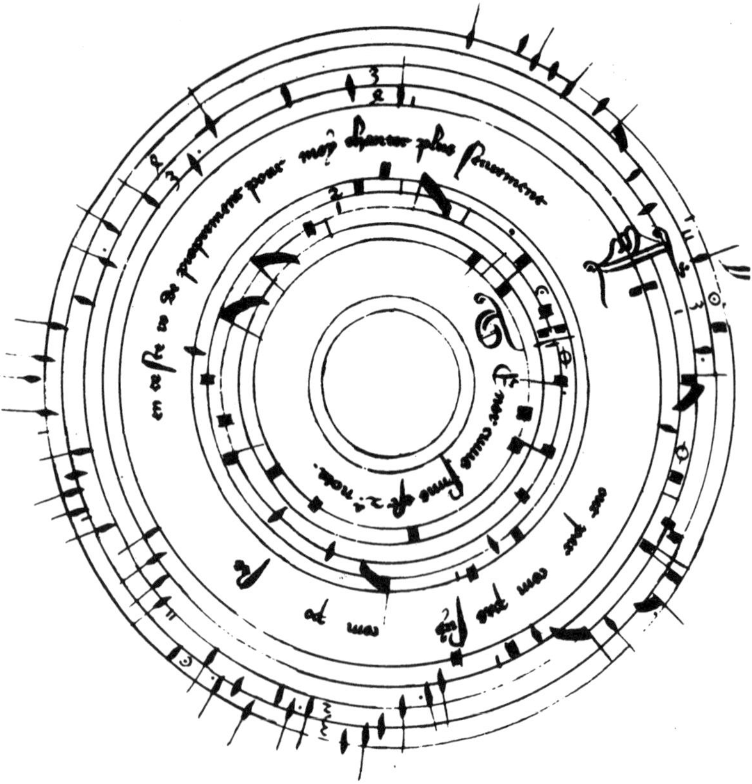

> Ah, se o mundo inteiro pudesse sentir o poder da harmonia...
>
> Mozart

Os três elementos básicos da música, como sua evolução histórica nos mostra, são ritmo, melodia e harmonia. Já vimos na Parte I (entre outras coisas) o significado do ritmo, sua organização e notação. Agora, antes de considerarmos a harmonia, examinaremos sucintamente o segundo elemento: a melodia.

Melodia

Melodia, na acepção física, nada mais é do que uma sucessão de sons. Portanto, de acordo com esse enunciado literal, até uma escala pode ser chamada de melodia. Mas, evidentemente, melodia é mais do que isso. Esse "mais" é o espírito que insufla vida e significado interior a uma sucessão de sons. Uma escala, por si mesma, não é melodia, mas um esqueleto. É a qualidade de tensão interior que *faz* uma melodia.

A variabilidade de melodia é infinita; assim, torna-se impossível dar uma descrição exata de suas propriedades. No entanto, é possível distinguir, em linhas gerais, três tipos de melodias. O primeiro mostra uma progressão passo a passo como, por exemplo, no tema do coral da Nona Sinfonia de Beethoven:

Fig. 82

O tipo seguinte apresenta saltos mais amplos, especialmente terças, quartas e quintas.

Fig. 83 Beethoven: Sonata para piano, Op. 2, n.º 1.

E a terceira espécie mostra uma combinação das duas primeiras.

Fig. 84 Beethoven: Sexta Sinfonia, Op. 68, *Pastoral.*

Um exame mais minucioso dessas melodias leva ao reconhecimento de outra característica importante da melodia, que é seu equilíbrio. Em outras palavras, numa melodia, tensão e repouso devem estar nas proporções certas. Uma análise do formato geral de um grande número de melodias mostrará que uma linha melódica ascendente é mais cedo ou mais tarde equilibrada por uma descendente, e vice-versa. Esse equilíbrio é o que torna uma melodia fluída e natural. O início da *Sinfonia Pastoral,* acima citado, é um bom exemplo dessa "naturalidade".

Harmonia

Ritmo e melodia (note-se que a melodia é inseparável do ritmo – a melodia sem ritmo torna-se informe e desprovida de significado) floresceram juntos durante centenas de anos, antes de surgir o uso consciente e deliberado da harmonia. Existem provas de que a *harmonia,* que é a *combinação simultânea de dois ou mais sons,* era usada antes do século IX de nossa era. Mas concorda-se geralmente em considerar que o início da música harmônica ocorreu com a primeira aparição escrita de quartas e quintas paralelas, por volta do século IX. A harmonia, em contraste com a melodia, que é horizontalmente construída, possui estrutura vertical.

Vimos que, junto com uma nota fundamental, existem outras notas, chamadas harmônicos, que soam simultaneamente com aquela. Os primeiros três ou quatro harmônicos só podem ser captados por um bom ouvido; são a oitava, a quinta, a oitava seguinte e a terça seguinte, dispondo-se verticalmente sobre o harmônico fundamental. Esse fenômeno propicia-nos a primeira evidência da presença da harmonia na natureza e, de fato, serviu instintivamente como base de nosso sistema harmônico.

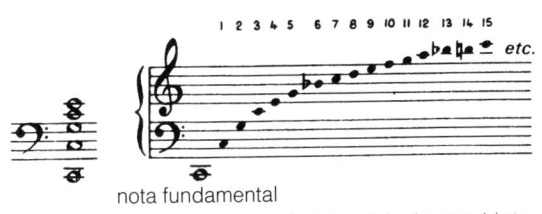

Fig. 85

nota fundamental

(cada harmônico é numerado) etc.

O método de cantar em uníssono e com separação de uma oitava é o natural (oitavas paralelas ocorrem automaticamente quando um homem e uma mulher cantam a mesma melodia), mas a grande descoberta foi que também era possível cantar simultaneamente em outros intervalos. Isso foi discutido numa obra do século X denominada *Musica Enchiriadis*, na qual foi examinado, provavelmente pela primeira vez, o uso prático de uma melodia dobrada em quartas e quintas paralelas. Acontece que esses intervalos coincidem com os da gama natural de harmônicos. Como a Fig. 85 mostra, ambos os intervalos desempenham um papel básico nas séries harmônicas.

À técnica de dobrar uma melodia numa quarta ou quinta justa deu-se o nome de *Organum* (nada tem a ver com o órgão), e tinha a seguinte configuração:

Fig. 86

O passo seguinte foi a extensão das vozes para quatro partes, dobrando a melodia, chamada *vox principalis* (voz principal) e a voz paralela chamada *vox organalis* (voz de órgão*).

Fig. 87

vozes paralelas
vozes principais

---

* Assim (*organ voice*) o autor traduz o termo latino. Cabe notar, porém, que não há unanimidade entre os musicólogos quanto à etimologia da palavra *organalis*: discute-se se deriva de *organare* (organizar) ou de *organum* mesmo (órgão), sugerindo que a voz paralela era eventualmente executada por este ou outro instrumento. Recordemos, de fato, que, em latim, as palavras derivadas de *organum* referem-se não só ao órgão, como a instrumentos em geral. Aliás, o adjetivo *organicus* significa tanto *instrumental, referente a instrumentos*, como *melodioso, harmonioso*. (N. R.)

Harmonia e contraponto

Depois, em meados do século XV, a terça, que é de fato a quinta parcial da série harmônica, foi plenamente aceita e combinada com a quinta para formar uma *tríade*.

Uma tríade é a combinação simultânea de três sons: qualquer nota em conjunto com a sua terça e a sua quinta.

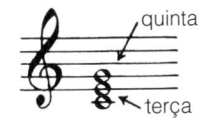

Fig. 88

Essa tríade é o elemento básico na harmonia ocidental e constitui a pedra angular da teoria musical, desde o século XV até Schoenberg. Mas antes de examinarmos o uso da harmonia e do contraponto durante o período musical com que todos nós estamos mais familiarizados – entre 1700 e 1900, aproximadamente –, um ponto importante deve ser enfatizado: não se pense que o nosso sistema tonal maior-
-menor constitui o coroamento da evolução musical. Na arte não existe progresso, no sentido de *aperfeiçoamento*. A música mais antiga ou mais recente do que a que conhecemos melhor, nada mais é do que o produto da técnica e estilo de umas poucas centenas de anos e tem tanto valor quanto qualquer obra escrita entre, digamos, Bach e Brahms. A Missa em si menor de Bach não é *necessariamente* superior à *Messe de Notre Dame* de Machaut ou à *Missa* de Stravinsky – é simplesmente diferente.

Após a introdução da tríade no século XV, registrou-
-se um rápido desenvolvimento da técnica, que atingiu um esplêndido florescimento no século XVI – um dos períodos mais prolíficos da história musical. A modalidade foi lentamente abandonada e o novo sistema tonal maior-menor foi solidamente estabelecido em fins do século XVII. Desde então até o final do século XIX, esse sistema musical "hierárquico" pareceu imutável. Mas não era, embora seja ele que,

de um modo algo anacrônico, ainda é ensinado em academias e conservatórios musicais, com a virtual exclusão de outros. Não sem razão, porém: uma profunda compreensão desse grande período serve (ou deve servir) para aprofundar a nossa apreciação musical do passado e do presente. Com esse propósito em mente, examinaremos agora a harmonia "tradicional".

Acordes e Suas Progressões

Tríades

Dá-se o nome de *acorde* a duas ou mais notas soando simultaneamente. A combinação vertical de *três sons* – nota fundamental, terça e quinta – dá-nos um acorde conhecido como *tríade,* ou *acorde perfeito* (ver de novo a Fig. 88). Vimos que uma escala tinha o nome de maior ou menor de acordo com a natureza do seu terceiro grau. A mesma coisa é válida no caso de uma tríade: a terça acima da fundamental pode ser maior ou menor. Assim, distinguimos entre tríades *maiores* e *menores.* Em ambos os casos a quinta é justa.

Há duas outras espécies de tríades, *aumentadas* e *diminutas.* Elas ocorrem quando o intervalo entre a fundamental e a quinta é aumentado ou diminuído. Ambas as terças de uma tríade diminuta são menores. Quando a fundamen-

| tríade de dó maior no estado fundamental | tríade de dó menor no estado fundamental | tríade diminuta no estado fundamental | tríade aumentada no estado fundamental |

Fig. 89

Harmonia e contraponto **71**

tal está na parte mais baixa, dizemos que a tríade está no *estado fundamental.*

Uma tríade pode ser construída em todos os graus de uma escala, em qualquer tonalidade.

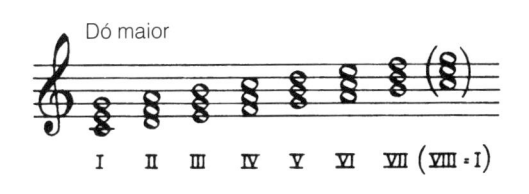

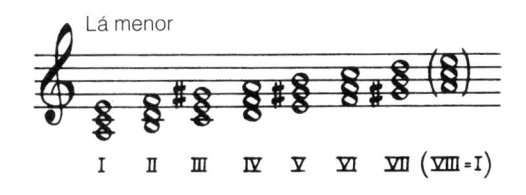

Dó maior

I II III IV V VI VII (VIII = I)

Lá menor

I II III IV V VI VII (VIII = I)

Fig. 90

Um exame mais minucioso de cada tríade mostrará que, numa escala maior, as tríades construídas com base nos primeiro, quarto e quinto graus da escala são maiores; as construídas com base no segundo, terceiro e sexto são menores; e a tríade baseada no sétimo grau é uma tríade diminuta. Numa escala menor, as dos primeiro e quarto graus são menores, as dos V e VI são maiores, dos II e VII são diminutas e a do II é uma tríade aumentada.

Levando-se ainda mais a fundo o exame das tríades, verifica-se também que algumas delas estão mutuamente relacionadas em virtude de compartilharem uma ou duas notas. Por exemplo, a tríade tônica tem duas notas em comum com a tríade construída com base no terceiro grau (mediante) e uma em comum com a tríade construída com base no quinto grau (dominante) da escala. A Fig. 91 ilustra essas relações.

72 *Introdução à música*

Fig. 91

I III   IV VI   I V   IV I

Mas se reexaminarmos a tríade tônica conjuntamente com a tríade construída com base no segundo grau (supertônica) da escala, notaremos que elas não se encontram em estreita relação mútua, uma vez que não compartilham nenhuma nota: são simplesmente tríades vizinhas.

Fig. 92

Concluímos, portanto, que existem dois tipos de relações entre tríades: (1) *relação por compartilhar a terça e/ou quinta*, e (2) *relações entre vizinhos que nada compartilham*. Essas relações desempenham um importante papel na progressão de acordes.

Progressão de acordes

O estudo da progressão de acordes baseia-se convencionalmente em quatro vozes: baixo, tenor, contralto e soprano. A razão disso é que, com menos de quatro vozes, nem sempre se pode ilustrar com clareza todas as possibilidades harmônicas, sendo mais de quatro complicado demais para apreender numa fase inicial. Em todo caso, mesmo os acordes mais complexos podem ser reduzidos a quatro partes. Os nomes das partes mostram que elas correspondem à extensão das vozes humanas. São essas, de

Harmonia e contraponto

fato, as quatro categorias básicas da voz humana, que se estendem entre

As extensões das vozes são as seguintes:

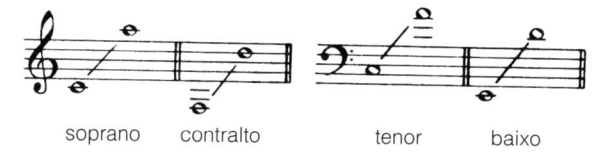

soprano   contralto   tenor   baixo

Fig. 93

Obviamente, para se escrever uma tríade em quatro partes, tem que se adicionar outra nota às três originais. Isso é realizado simplesmente *dobrando-se* uma nota da tríade. A nota usualmente dobrada é a fundamental ou a quinta. O dobramento da terça, especialmente numa tríade maior, é evitado sempre que possível, porque tende a enfraquecer a função da fundamental. O dobramento da sensível (o sétimo grau da escala) é estritamente proibido, de acordo com as regras acadêmicas. A explicação disso é simples. A nota sensível *resolve-se* usualmente na tônica e assim, se for dobrada, não pode deixar de aparecer um movimento paralelo em oitavas. Este, embora seja uma das mais antigas formas de harmonia, estava entre as poucas progressões "proibidas" durante o período clássico, uma convenção que só era parcialmente respeitada pelos compositores, mas que os tratados impunham.

As vozes são dispostas na pauta de tal modo que as partes de tenor e baixo são escritas na pauta inferior, as de contralto e soprano na pauta superior. As hastes das notas do baixo e do contralto apontam para baixo e as hastes das notas de tenor e soprano apontam para cima.

Tríades de dó maior
no estado fundamental

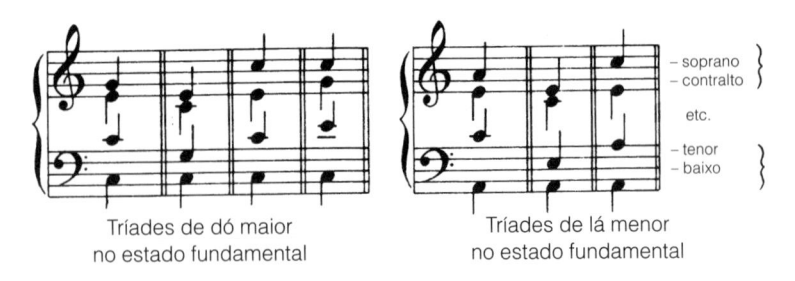

– soprano
– contralto
etc.
– tenor
– baixo

Tríades de lá menor
no estado fundamental

(Notar a fundamental dobrada)

Fig. 94

A Fig. 94 mostra um espaçamento equilibrado das partes. Um exemplo de espaçamento desequilibrado é fornecido na Fig. 95.

Fig. 95

Costuma-se evitar, se possível, um espaço maior do que uma oitava entre as partes de tenor e de contralto, e entre as de contralto e de soprano, mas entre as partes de tenor e de baixo é comum o uso de intervalos maiores do que a oitava (ver a Fig. 94).

O movimento de um acorde para um outro produz obviamente uma mudança harmônica. Essas mudanças de acordes são denominadas, de um modo geral, "progressões harmônicas". Todos sabemos como, na fala ou na escrita, é importante que as ideias e as emoções sejam expressas com as palavras certas, dispostas de forma coerente e harmoniosamente combinadas. Quando falta essa "harmonia",

Harmonia e contraponto

essa continuidade lógica, na fala ou na escrita de alguém, fica-nos a impressão incômoda de uma mente confusa e indisciplinada. O mesmo acontece com a música. Uma sucessão de acordes reunidos a esmo não produz uma progressão harmônica satisfatória. Tal como na linguagem as palavras devem obedecer a uma ordem lógica dentro de uma frase, também os acordes musicais são encadeados de acordo com "regras" baseadas na experiência acústica, estética e psicológica. As progressões de acordes mais comuns em harmonia tradicional podem ser enumeradas da seguinte maneira:

I (Tônica) pode ser seguida por qualquer acorde.
II (Supertônica) pode ser seguida por V, III, IV, VI ou VII.
III (Mediante) pode ser seguida por VI, IV, II, V.
IV (Subdominante) pode ser seguida por V, I, VI, II, VII, III.
V (Dominante) pode ser seguida por I, VI, III, IV.
VI (Submediante) pode ser seguida por II, V, IV, III.
VII (Sétima) pode ser seguida por I, VI, III, V.

As vozes de um acorde progredindo para outro acorde podem mover-se de três maneiras. (1) Duas ou três partes se movem na mesma direção: chama-se a isso *movimento direto*; (2) duas partes movimentam-se em direções diferentes: isso recebeu o nome de *movimento contrário*; (3) uma parte movimenta-se e a outra não: é o *movimento oblíquo*.

Fig. 96

Até aqui tudo iria no melhor dos mundos se não houvesse nenhum dos tabus que provocam tantas dificuldades para o estudante de harmonia acadêmica. Os mais notórios de todos são as *oitavas* e *quintas consecutivas* (ou *paralelas*). Durante cerca de 500 anos, o uso de oitavas e quintas paralelas era geralmente inaceitável para o gosto musical.

oitava e quinta paralelas   uníssono a uníssono ou oitava a oitava também têm efeito paralelo   quinta paralela

Fig. 97

As oitavas ou quintas consecutivas aparecem quando duas partes saltam em movimento semelhante para atingir uma oitava ou quinta. Essas progressões também eram proibidas, embora essa regra não fosse tão rigidamente imposta.

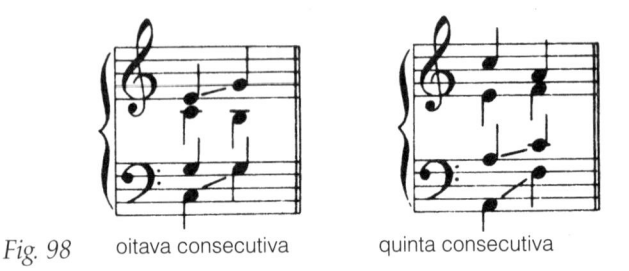

Fig. 98   oitava consecutiva   quinta consecutiva

Por outro lado, quando a parte superior se movia por graus conjuntos, a progressão de oitava ou quinta era permissível.

Fig. 99

Essas progressões "proibidas" nem sempre foram evitadas pelos compositores: especialmente na música, são as exceções que provam as regras, e os corais de Bach, para não irmos mais longe, estão repletos de progressões que as desrespeitam. Além disso, o estilo muda inevitavelmente de época para época. As "regras" da "gramática" musical são muito semelhantes às da linguagem. Do mesmo modo que é preciso ser um verdadeiro estilista para saber precisamente como dispor as palavras numa frase, também se requer um verdadeiro músico para saber quando usar uma quinta paralela. Mas dos séculos XV ao XIX essas regras foram, pelo menos, consideradas, a fim de evitar a monotonia na escrita de partes.

Inversão de acordes

Variações mais harmônicas e melódicas e progressões mais fluentes dos acordes podem ser obtidas mediante o uso da inversão. Isso significa que, em vez de ter um acorde em estado fundamental, isto é, com a fundamental na nota mais baixa do acorde, ao colocar-se a terça ou a quinta como a nota mais baixa é possível mudar sua ordem de intervalos, obtendo-se assim cores harmônicas mais variadas na paleta musical. Assim, diz-se que uma tríade consistindo na fundamental mais a terça e mais a quinta está no *estado funda-*

mental quando a fundamental é a parte mais baixa; em primeira inversão, quando a terça é a parte mais baixa; e em segunda inversão quando a quinta é a parte mais baixa.

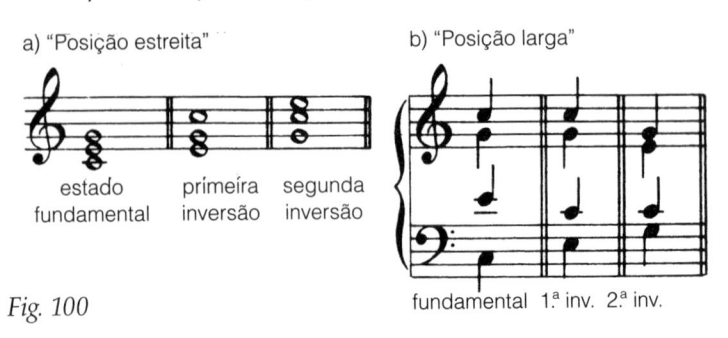

a) "Posição estreita"

estado fundamental — primeira inversão — segunda inversão

b) "Posição larga"

fundamental   1.ª inv.   2.ª inv.

Fig. 100

Há duas espécies de métodos de abreviação usados para indicar a posição de um acorde: o *numérico* e o *alfabético*. O método numérico será considerado no item intitulado "Baixo Cifrado". A experiência mostra que no começo é menos confuso o emprego do método alfabético, o qual consiste simplesmente em adicionar uma letra minúscula ao lado do algarismo romano que indica o grau. A indicação abreviada das posições dos acordes apresenta-se assim:

estado fundamental
('a' é entendido como sendo apenas os
algarismos romanos)   I II III IV V VI VII I
primeira inversão   Ib IIb IIIb IVb Vb VIb VIIb Ib
segunda inversão   Ic IIc IIIc IVc Vc VIc VIIc Ic

Cadências

Vimos que, pelo prisma do estabelecimento da tonalidade, os graus mais importantes de uma escala são a tôni-

Harmonia e contraponto

ca (I), a dominante (V) e a subdominante (IV). O mesmo vale para a progressão de acordes. Na música tonal, os acordes mais importantes são os construídos sobre o primeiro, quinto e quarto graus da escala. Por isso é que são distinguidos ao serem denominados *tríades (ou acordes) primárias,* ao passo que todos os outros acordes são *secundários.* As progressões dos acordes primários (por exemplo, I IV V I) têm grande importância, na medida em que indicam o fim de uma frase musical. Essas terminações têm o nome de *cadências.* Se aceitarmos a comparação de um som com uma letra e de um acorde com uma palavra, podemos dizer que uma cadência é um sinal musical de pontuação. As quatro cadências baseadas na progressão dos acordes primários chamam-se *perfeita, plagal, interrompida* e *imperfeita.*

Uma *cadência perfeita é* a progressão de V para I (dominante para a tônica). Sua função na música é semelhante à do ponto final.

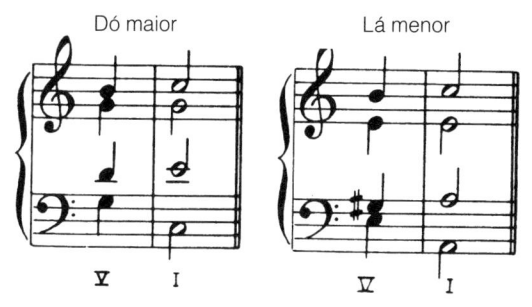

Fig. 101

Uma *cadência plagal é* a progressão de IV para I (subdominante para a tônica). É outra espécie de ponto final. Por vezes, é também chamada a cadência do "Amém", por causa de seu frequente uso para tal propósito.

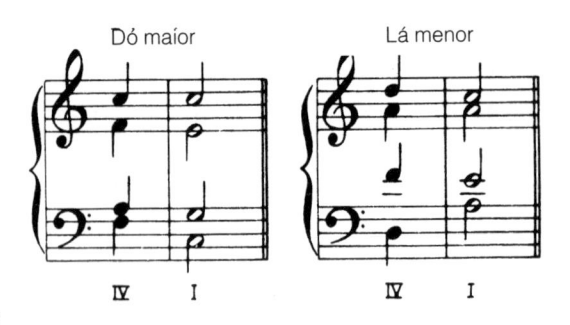

Fig. 102

Uma *cadência interrompida* é a progressão de V para VI (dominante para submediante), em vez de I, dando assim uma sensação de não conclusão que pode ser comparada a uma vírgula ou, talvez, a um travessão. Obviamente, não pode aparecer no final de uma peça, somente *durante esta*. É fácil reconhecê-la, uma vez que *soa* "interrompida".

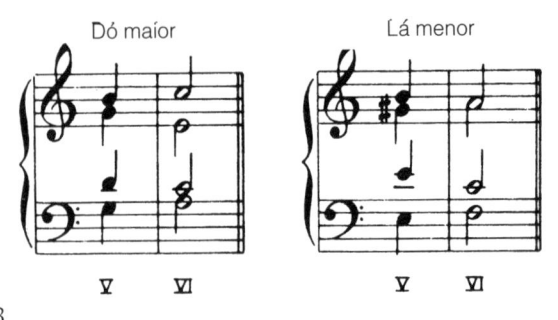

Fig. 103

Uma *cadência imperfeita,* ou meia-cadência, é a progressão de qualquer acorde para V. De fato, é usualmente precedida de II, IV, VI ou I. A cadência imperfeita é algo entre a vírgula e o ponto e vírgula, de acordo com o contexto.

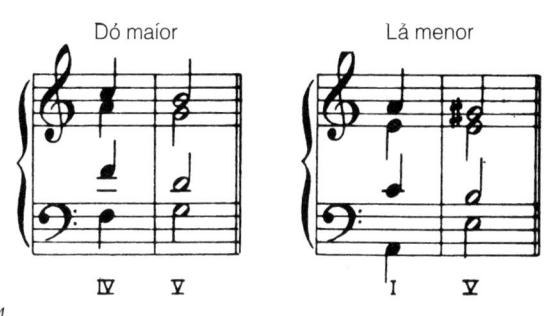

Fig. 104

Quando uma cadência termina num tempo forte, chama-se-lhe cadência *masculina;* quando termina num tempo fraco, dá-se-lhe o nome de cadência *feminina* (como na poesia).

Uma interessante variação harmônica pode ser realizada terminando uma peça escrita em tom menor com um acorde maior em vez de menor. Esse recurso recebeu o nome de *cadência picarda* – ninguém sabe por quê. Desde o século XVI até meados do século XVIII era um final comum. Seu efeito é impressionante, qual súbita esperança após um triste evento.

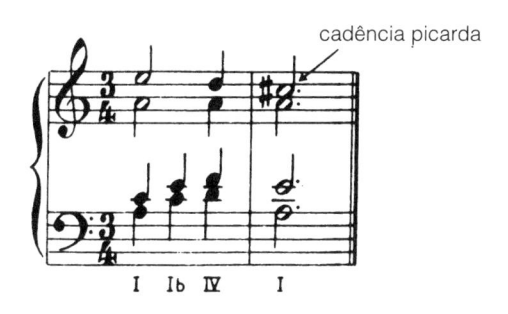

Fig. 105

As quatro fórmulas de cadência podem ser precedidas por vários acordes como, por exemplo, II ou IIb ou IV, mas há um acorde, o chamado acorde de sexta e quarta, que requer nossa especial atenção. Nada mais é do que a segunda inversão do acorde tônico (Ic). A característica interessante desse acorde é que, apesar de ser um acorde tônico, sua função é dominante. Em outras palavras, a satisfação auditiva do acorde só ocorre quando o acorde *dominante* é atingido.

Fig. 106

Isso nos leva a um novo problema, o da consonância e da dissonância.

Consonância e Dissonância

O termo consonância é usado para definir um intervalo ou acorde que proporciona um efeito agradável, satisfatório, em contraste com um intervalo ou acorde dissonante, que gera um efeito de tensão. De acordo com a teoria de Helmholtz, um intervalo é consonante quando as duas notas que o produzem compartilham de um ou mais harmônicos. Quantos mais forem os harmônicos que compartilham, mais consonante será o intervalo.

A Fig. 107 mostra como os harmônicos da oitava se relacionam uns aos outros. Desse ponto de vista, os intervalos consonantes são a oitava, a quinta justa, a quarta, a ter-

Fig. 107

ça e a sexta. Intervalos dissonantes são a segunda, a sétima, a nona etc. O mesmo princípio é aplicável na classificação de um acorde. Um acorde é consonante quando consiste unicamente em intervalos consonantes (por exemplo, oitava, quinta justa etc.) e dissonante quando consiste em um ou mais intervalos dissonantes. É interessante assinalar que o primeiro teórico medieval que considerou a terça um intervalo consonante foi um frade inglês de Evesham, chamado Walter de Odington (c. 1300); o canto em terças paralelas – uma espécie de *organum* que era conhecido como *gymel** – era praticado na Inglaterra muito antes de se tornar comum no resto da Europa. A questão da consonância e da dissonância tem sido muito debatida; a classificação exata de intervalos e acordes como consonantes ou dissonantes flutuou muito ao longo de toda a história da música. Não obstante, um fato é certo: depois de algum tempo, a música sem dissonância, assim como a vida sem tensão, torna-se descolorida e enfadonha. Foi o que Campion sentiu quando escreveu:

These dull notes we sing
Discords need for helps to grace them.
[Aquelas notas insípidas que cantamos
Necessitam dissonâncias que ajudem a embelezá-las.]

---

* Do latim *gemellus* = gêmeos. (N.T.)

Sétimas da dominante e secundárias

A fim de "embelezar" uma tríade, uma nota dissonante pode ser adicionada como a quarta nota do acorde. Essa é frequentemente a *sétima acima da fundamental*, sendo indicada por um pequeno algarismo arábico ao lado do algarismo romano referente ao grau. A Fig. 108 dá um exemplo do sétimo acorde usado com maior frequência, a *sétima da dominante*.

Fig. 108

Obviamente, a tensão produzida pela sétima tem que ser relaxada mais cedo ou mais tarde ou, como diria um músico, "resolvida". Isso significa a passagem de uma dissonância para uma consonância. A sétima tem uma forte tendência para encontrar sua resolução caindo um grau. Assim, a resolução usual da sétima da dominante é em I ou VI. Em ambos os casos, a própria sétima resolve-se caindo um grau. Por exemplo, em dó maior, é o movimento de fá para mi.

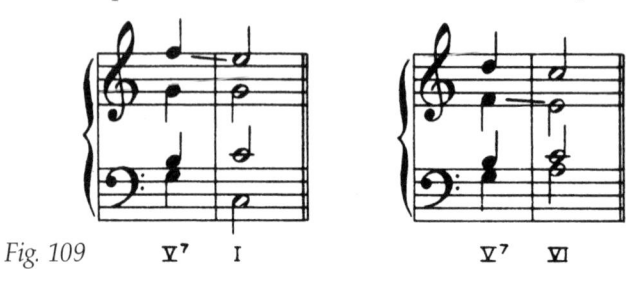

Fig. 109

Note-se que o acorde de sétima da dominante pode ser invertido, à semelhança dos acordes primários e secundários. A terceira ou última inversão (V⁷d) aparece quando a sétima está na parte mais baixa.

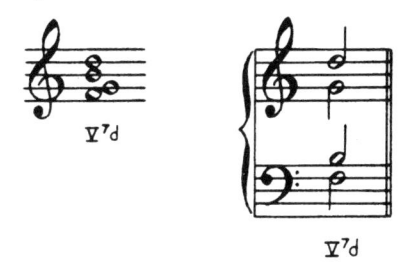

Fig. 110

Sétimas secundárias são todos os acordes que contêm uma sétima e estão construídos em outros graus da escala, com exclusão da dominante.

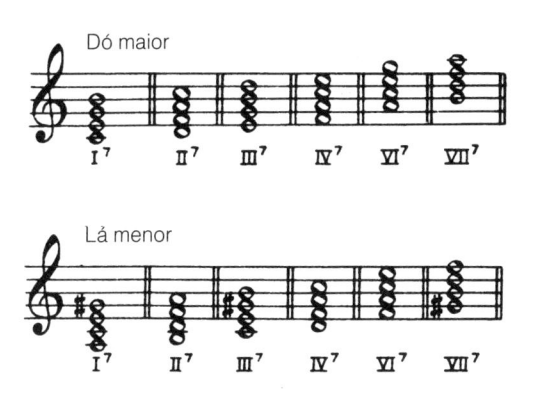

Fig. 111

Todos esses acordes também podem ser invertidos. Assim, falamos de uma sétima secundária como estando na fundamental, na primeira, segunda ou terceira inversão, de acordo com a nota que estiver na posição mais baixa. A regra "clássica" para a resolução desses acordes é que a sétima, como no caso da sétima da dominante, resolve-se descendo um grau. Isso é obtido deslocando-se ou para um acorde consonante ou para outro acorde dissonante – usualmente um cuja fundamental se situe entre uma quarta acima ou uma quinta abaixo da fundamental do acorde de sétima.

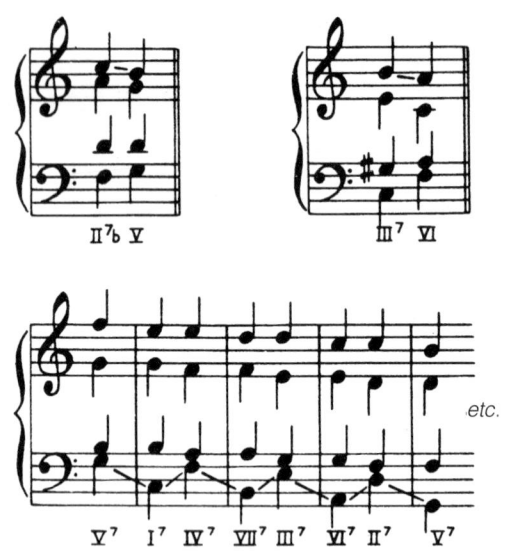

Fig. 112

Notas estranhas ou ornamentais

À primeira vista, o adjetivo "estranho" pode parecer insólito, mas serve para distinguir em teoria musical entre uma nota harmônica (essencial) e uma nota não harmônica (não essencial). As notas não harmônicas ou estranhas têm grande importância na formação da melodia e, como veremos, também na harmonia, pela criação de dissonância. As notas "estranhas" mais comuns são: a *nota de passagem,* a *nota auxiliar,* ou *bordadura,* a *antecipação,* o *retardo* e a *appoggiatura.*

Uma *nota de passagem* aparece entre duas notas de harmonia, separada delas uma terça ou uma segunda, e sua função é unir-se melodicamente a elas. As notas de passagem ocorrem usualmente no tempo fraco do compasso. Po-

Harmonia e contraponto **87**

dem mover-se sozinhas, em terças ou sextas paralelas, e também cromaticamente.

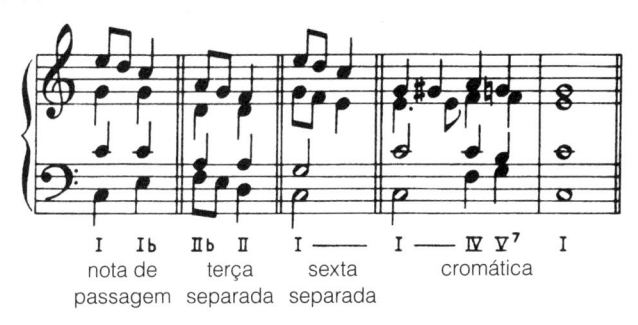

> I Ib   IIb II   I ——   I —— IV V⁷ I
> nota de terça   sexta   cromática
> passagem separada separada

Fig. 113

As *notas auxiliares* ou *bordaduras* são como rendilhados em música. Há duas espécies: superiores e inferiores, que se apresentam decorativamente entre as notas inalteradas da harmonia. As notas auxiliares, tal como as notas de passagem, podem mover-se em terças e sextas paralelas, e também cromaticamente.

> I   Ib   VI

Fig. 114   notas auxiliares superiores e inferiores

Antecipação, como o próprio nome sugere, é o recurso de harmonia que consiste em usar uma nota que soa instantes antes de seu tempo e lugar esperados, criando assim uma dissonância com o acorde precedente; seu valor é usualmente mais curto do que a nota que ela antecipa. É comumente usada numa cadência.

Fig. 115   I   Ib   Ic   V⁷   I

O *retardo* é exatamente o oposto da antecipação: nele, uma nota chega ligeiramente atrasada ou, em outras palavras, sua progressão é retardada. Com o retardo bem mais do que com as notas de passagem, auxiliar e de antecipação, a dissonância se destaca, o que tem servido a vários compositores do passado e do presente como meio para expressar a emoção. Note-se a ligadura característica que retarda a nota enquanto o acorde muda.

Fig. 116   I   V

Do ponto de vista rítmico, as notas "estranhas" acima examinadas eram todas fracas, ou seja, apareceram no tempo fraco do compasso. A característica da *appoggiatura* é, pelo contrário, aparecer no tempo forte de um compasso e resolver-se movendo-se um tom ou semitom até o tempo fraco.

Fig. 117

É este o lugar apropriado para voltarmos ao acorde de sexta e quarta. O intervalo de quarta sempre foi ambíguo. Nunca ficou adequadamente decidido se é consonante ou dissonante. Ora parece ser uma coisa, ora parece ser outra. De fato, quando está acima de um baixo, é visto como dissonante. É isso o que determina o movimento do acorde de sexta e quarta. A quarta com a sexta sobre a fundamental soa como uma *appoggiatura* dupla, a qual, de acordo com as regras clássicas, tem que se resolver no acorde da dominante. Ver de novo a Fig. 106.

Acordes "exóticos"

Todos os acordes examinados até aqui têm seu caráter e função próprios claramente reconhecíveis. Mas existe um número razoável de outros acordes que possuem um sabor especial, que tende a sobressair numa harmonização. Desses acordes, os mais comuns são a nona, a décima primeira, a décima terceira, a sétima diminuta e as sextas napolitana, alemã, italiana e francesa.

Os acordes de *nona*, *décima primeira* e *décima terceira* apresentam-se frequentemente na dominante (mas cumpre assinalar a existência de exemplos abundantes desses acordes construídos em outros graus de uma escala, como

I, II ou IV). Como seus nomes sugerem, uma nota situada, respectivamente, a uma nona, décima primeira ou décima terceira da fundamental é adicionada ao acorde da sétima da dominante. Para tanto, na harmonia em quatro partes, é omitido o fator menos importante, a quinta do acorde. Assim, a nona da dominante consiste em fundamental, terça, sétima e nona; a décima primeira da dominante em fundamental, terça, sétima e décima primeira; a décima primeira da dominante em fundamental, terça, sétima e décima terceira. As nona, décima primeira e décima terceira notas, sendo algo semelhantes às appoggiaturas, são notas dissonantes, usualmente resolvidas por movimento descendente. Esses acordes, embora encontrados com frequência em música "séria", também têm sido muitíssimo usados por músicos de jazz, tanto que são chamados, às vezes, "acordes jazzísticos".

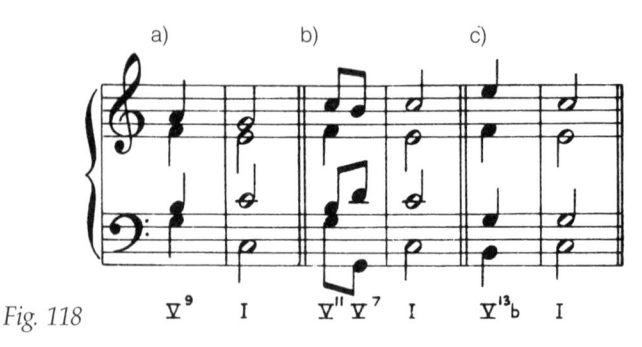

Fig. 118

Já falamos sobre a tríade diminuta, que pode ser construída sobre a sétima de qualquer escala. Por exemplo, em dó maior, a tríade diminuta é si-ré-fá. Se adicionarmos outra nota a essa tríade, a nota situada uma terça menor acima de fá (lá bemol), obtemos um acorde que consiste numa cadeia de terças menores. Esse é o *acorde de sétima diminuta*. É assim chamado porque, em estado fundamental, o intervalo entre

Harmonia e contraponto **91**

a fundamental e a nota mais alta (por exemplo, em dó maior, si-lá bemol) é uma sétima diminuta. Sua função é muito semelhante à do acorde da dominante, e sua resolução óbvia é para a dominante ou diretamente para o acorde da tônica. (Para suas propriedades e uso peculiares, ver p. 94.)

Fig. 119

O acorde de *sexta napolitana* é, simplesmente, a primeira inversão da tríade supertônica, mas com a fundamental e a quinta do acorde descendo um semitom, de modo a incutir ao acorde um sabor lânguido, melancólico[1]. Não se trata de uma dissonância, mas sua progressão normal é para a dominante ou o acorde de sexta e quarta, devido ao seu caráter subdominante. Seu aparecimento remonta aos tempos de Purcell. A origem do nome "napolitano" é obscura.

Fig. 120

Os acordes de *sexta aumentada* são em número de três e distinguem-se convencionalmente pelos nomes de três na-

---
1. Em tons menores, somente a fundamental desce.

ções, a saber: *sexta francesa, sexta alemã* e *sexta italiana*. Contudo, seria inteiramente inútil tentar fazer qualquer comparação entre a natureza dos acordes e as nações em questão. Parece não haver qualquer razão especial para os nomes. Esses acordes podem ocorrer na submediante bemolada de qualquer escala maior, ou na submediante normal de qualquer escala menor, e contêm um intervalo característico: uma sexta aumentada. Embora também sejam usados invertidos, seu aparecimento mais comum é em estado fundamental, e sua progressão natural é para o acorde de sexta e quarta ou diretamente para o acorde da dominante.

Sexta francesa

Dó maior   Lá menor

A^6 $\underline{V}$ I

Sexta italiana

Dó maior   Lá menor

(A terça é dobrada e a quinta omitida.)

A^6 Ic $\underline{V}$ I

Sexta alemã

Dó maior   Lá menor

$\underline{IV}b$ A^6 I $\underline{V}^7$ I

Fig. 121

Um exame mais atento da figura ao lado evidenciará que a sexta francesa consiste num baixo, numa terça maior, numa quarta aumentada e numa sexta aumentada; a italiana: baixo, terça maior e sexta aumentada; e a alemã: baixo, terça maior, quinta bemolada e sexta aumentada. Uma análise mais detalhada de cada acorde de sexta aumentada mostraria também que eles podem ser considerados alterações cromáticas dos acordes II⁷c, IVb e IV⁷b.

Modulação

Em arte, a monotonia é um pecado imperdoável. Vimos até agora que os vários acordes, suas inversões, o uso de notas "não-essenciais", dissonâncias, etc., servem para aumentar a variedade em música. Mas um dos mais fascinantes e importantes recursos técnicos para produzir variedade é a *modulação*. "Modulação" significa mudança de um centro tonal para outro. Já vimos que qualquer intervalo, melodia, acorde, etc., pode ser transposto[2] para qualquer tonalidade e que existe uma relação entre as tonalidades (ilustrada pelo círculo de quintas), bem como entre acordes. Essas relações revestem-se de grande importância na modulação, porque servem para tornar mais fácil e mais natural a mudança de tom. Para dar um exemplo: o acorde da tônica de dó maior também pode ser visto como a dominante de fá maior ou a subdominante de sol maior. Portanto, a modulação de dó maior para sol maior pode ser facilmente realizada tratando o acorde de dó maior como acorde da subdominante de sol maior e progredindo daí para a dominante e logo para a tônica de sol maior. Esse gênero de modulação em que um acorde é comum ao tom inicial e ao

---

2. Transposição significa tocar ou escrever uma melodia e/ou acordes numa tonalidade diferente da original.

novo tom, servindo assim como pivô entre eles, chama-se "modulação diatônica".

Fig. 121

Dó maior: $\text{V}b$ I $[\text{I}b$
Sol maior: $[\text{IV}b\ \text{Ic}\ \text{V}^7$ I

Daí se conclui que o modo mais fácil e mais natural de modular de uma tonalidade para outra é modular para tonalidades harmonicamente afins. Por exemplo, para o relativo maior (ou menor) da tonalidade principal, para a tonalidade da dominante e seu relativo, ou para a da subdominante e seu relativo.

Outra espécie muito comum de modulação é quando há uma súbita passagem de um acorde numa tonalidade para um acorde muito diferente em outro tom. Isso implica geralmente uma alteração *cromática*. Mesmo nesse caso, porém, pelo menos uma nota deve ser comum a ambos os acordes.

Dó maior: V^7b I
Si bemol maior: V^7b I

Fig. 123

Harmonia e contraponto **95**

A terceira espécie de modulação também se baseia no princípio do "pivô", mas, neste caso, uma ou mais notas de um acorde são enarmonicamente mudadas para outro acorde de uma tonalidade diferente. Daí seu nome de *modulação enarmônica*. Aqui, alguns dos acordes "exóticos" vêm a calhar. A sétima diminuta, a sexta napolitana e a sexta alemã são extremamente cômodas na modulação de um tom para outro tom "remoto" e sem relação. Por exemplo, modular de dó maior para sol bemol maior poderia parecer excepcionalmente difícil à primeira vista. Entretanto, isso pode ser facilmente feito usando como pivô a sétima diminuta ou a sexta napolitana.

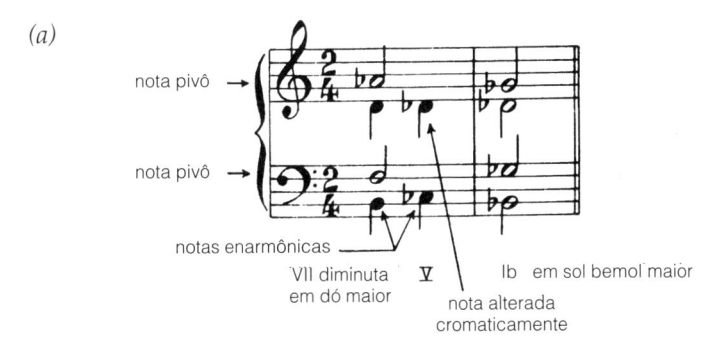

Fig. 124

O uso enarmônico da sexta alemã é extremamente útil quando se faz necessária uma modulação para uma tonalidade situada um semitom acima ou abaixo da tonalidade original. Por exemplo, a modulação de dó maior para ré bemol maior e de ré bemol maior de volta a dó maior.

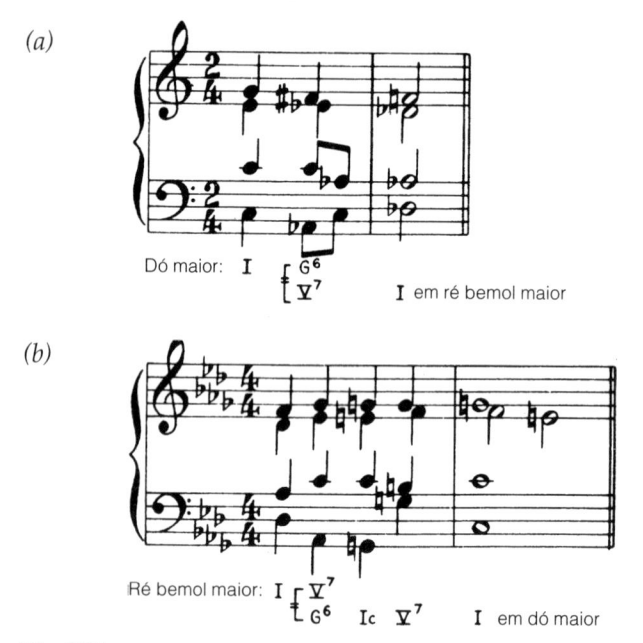

Fig. 125

Sequência modulante

Uma *sequência, progressão* ou *marcha harmônica*, em composição, significa a repetição de um curto fragmento musical em diferentes alturas de som – é, de fato, uma espécie de transposição no decorrer da música. Isso pode ser (e é frequentemente) conseguido sem modulação, todavia é mais efetivo, usualmente, quando combinado com a modulação. A Fig. 126 ilustra o princípio da sequência modulante.

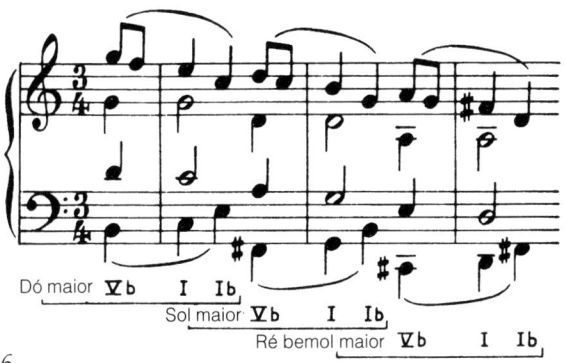

Fig. 126

A repetição em geral não aparece mais do que três ou quatro vezes. A razão disso é obviamente estética: repetições excessivas do mesmo fragmento musical produzem monotonia e dão a impressão de um disco arranhado.

Baixo cifrado

Terminamos aqui o nosso breve exame dos tópicos mais importantes da harmonia convencional. Antes de prosseguir, observaremos rapidamente em que consiste o chamado baixo cifrado. O sistema de *baixo cifrado* era uma convenção gráfica universalmente aceita na era barroca e servia como indicação da harmonia básica para o acompanhamento. O organista ou cravista tinha de "realizar" a indicação dada. Desnecessário seria dizer que isso implicava um absoluto conhecimento técnico e teórico por parte do executante. A habilidade improvisadora do músico barroco só pode ser comparada, hoje em dia, com a do músico de jazz, que costuma exibir uma extraordinária facilidade técnica. O princípio básico desse método é a indicação de um acorde e sua posição por uma nota do baixo com um algarismo correspondente ao requerido intervalo acima da nota. A Fig. 127 fornece uma ilustração desse engenhoso sistema, que ainda está em uso e é, talvez, o método de indicação de acordes mais sólido e, sem dúvida, mais amplamente aplicável.

Fig. 127

A linha do baixo acima era frequentemente tocada também por uma viola de gamba ou por um violoncelo, a fim de lhe dar peso extra, enquanto o cravo tocava os acordes completos. Nesse período, a música de câmara, concertos, Paixões e outras obras requeriam muitas vezes um "realizador" do baixo cifrado, embora nas edições modernas os acordes já sejam usualmente escritos por extenso para o executante.

A bem da clareza e simplicidade, os exemplos dados na discussão da harmonia foram em dó maior ou lá menor. Aconselhamos, é claro, o leitor a fazer um esforço para tentar executá-lo em tantas tonalidades quantas lhe for possível. Esses exemplos serviram como ilustração necessária da função básica dos acordes. Para a sua descoberta na música viva, sugerimos a análise dos corais de Bach e das sonatas

Harmonia e contraponto

para piano de Haydn, Mozart e Beethoven. Damos abaixo três breves exemplos.

(a) Bach: Coral *Minha alma glorifica o Senhor*.

(b) Mozart: Sonata em si bemol, K. 281.

Fig. 128 (c) Beethoven: Sonata n.° 23 em fá menor, Op. 57, *Appassionata*.

Contraponto

A melodia representa a dimensão linear da música, a harmonia a vertical. Quando uma melodia é cantada ou tocada sem acompanhamento, como na música folclórica e no canto gregoriano, o aspecto linear da música é predominante. É o que se chama música *monofônica* (do grego *monos* = um, *phone* = som ou voz). Quando, por exemplo, uma melodia é sustentada por um acompanhamento de acordes, como no caso de uma canção acompanhada, temos a combinação das duas dimensões. Chama-se a isso música *homofônica* (do grego *homos* = o mesmo). Finalmente, quando temos a combinação de mais de uma linha melódica de caráter definido, o todo unido em coerência harmônica – como, por exemplo, nos prelúdios-corais para órgão de Bach –, temos a chamada música *polifônica* ou *contrapontística* (do grego *poly* = muitos; contraponto, tecnicamente sinônimo de polifonia, deriva do latim *punctus contra punctum* = nota contra nota). Existem outras espécies de música contrapontística além da variedade Bach, quando, por exemplo, o aspecto harmônico não está em equilíbrio com o melódico (como ocorreu na Idade Média) ou quando o problema da harmonia é encarado sob um prisma diferente do de Bach (por exemplo, na época de Palestrina). Mas, em todos os gêneros de música contrapontística, a característica importante é o interesse independente das várias linhas melódicas, umas combinadas com os outras.

Os princípios técnicos básicos da escrita contrapontística podem ser sucintamente enumerados da seguinte maneira:

(1) *Interesse e independência melódicos.* Isto pode ser conseguido através de vários recursos, dos quais os dois mais importantes são: *(a) o* uso da *figura,* ou tema melódico e rítmico claramente reconhecível; *(b)* a *imitação* ou repetição da

Harmonia e contraponto

"figura" em diferentes partes e em diferentes alturas ou vozes. (A imitação satisfaz um forte impulso da natureza humana e é de especial importância em música.)

(2) *Interesse rítmico* de marcada independência em todas as partes. Na escrita contrapontística, o ritmo reveste-se de tal importância que a imitação da "figura" é, com frequência, mais deliberadamente rítmica do que melódica. Isso porque o ouvido dificilmente é capaz de acompanhar várias linhas melódicas simultâneas, mas é extremamente sensível para distinguir variações rítmicas.

(3) *A parte inferior funciona como uma base harmônica.* Note-se que, em geral, quanto mais complicada é a textura de uma peça contrapontística, mais simples a sua base harmônica.

Eis os primeiros três compassos de uma das Invenções a Três Vozes, em Fá Maior, de Bach, os quais ilustram todos os pontos acima.

Fig. 129   *(Note-se que a figura do baixo também é imitada.)*

Cânone

O cânone é a mais estrita forma de imitação contrapontística. O princípio consiste em que a parte imitativa repete exatamente o tema básico. Essa técnica é algo como a conversação polida: "Como vai?" (primeira parte); "Como vai?" (segunda parte) etc. À medida que a primeira voz vai adiante, a segunda voz repete o que a primeira disse. O termo técnico para designar a primeira voz é *dux* (guia, condutor) e para a voz que a segue é *comes* (seguidor). Se, como acontece frequentemente, houver uma terceira, quarta ou mais vozes subsequentes, cada nova voz, ou *comes*, torna-se por sua vez o *dux* para a voz que se lhe segue. *Cânones perpétuos*, ou *rotas*, são peças em que, quando se chega ao final, as vozes retornam, uma de cada vez, ao começo *ad libitum:* como em *Three blind mice* ou *Frère Jacques*.

A entrada do *comes* pode ser na mesma altura que o *dux* ou numa altura diferente. Assim, falamos, por exemplo, de um cânone à quinta, quarta, oitava etc., quando a entrada do *comes* ocorre com intervalo de uma quinta, quarta, oitava etc. em relação ao *dux*.

Existem vários recursos técnicos virtuosísticos na escrita canônica, como, por exemplo, o cânone por inversão (quando o *comes* inverte a melodia); o cânone retrógrado ou caranguejo (quando o *comes* imita a melodia, mas de trás para diante); os cânones por aumentação e diminuição (quando a parte do *comes* é escrita no dobro ou na metade dos valores do *dux*). Numa dada época, o canto de cânones foi muito popular, em parte, sem dúvida, por causa de seus textos frequentemente equívocos, jocosos ou obscenos. Estiveram especialmente em moda na Inglaterra durante os séculos XVII e XVIII, quando eram popularmente conhecidos como *rounds* e *catches*. Hoje em dia, de um modo deveras irônico, o uso do cânone pode ser encontrado nos dois extremos: em composição extremamente requintada e nas cantigas de jardim de infância.

Fuga

Talvez a mais madura manifestação técnica e (especialmente no caso de Bach) artística de escrita contrapontística seja a *fuga*. Seria frívolo tentar enquadrar todas as fugas até hoje escritas num padrão uniforme. Cada fuga variará num ou no outro detalhe estrutural em relação a outra fuga. Por isso é que musicólogos eminentes negaram a validade de se descrever a fuga como uma *forma* musical. Preferem falar de "procedimento" ou "textura" em vez de "forma", sendo essa a razão pela qual a fuga pertence a esta parte e não à Parte III. Não obstante, é possível dar uma ideia geral de seus aspectos mais característicos.

Sujeito

A fuga baseia-se num "tema" ou "sujeito" melódico de marcado caráter, o qual é exposto desacompanhado no início e reaparece depois em vários lugares e em diferentes alturas no decorrer da composição. A *resposta* é a imitação do sujeito, usualmente uma quinta justa acima ou uma quarta justa abaixo, isto é, transposta para a tonalidade da dominante – mantendo assim uma estreita relação harmônica com o sujeito. Se a imitação é exata, dá-se-lhe o nome de *real;* se, de acordo com a necessidade melódica ou harmônica, a resposta introduz alterações nos intervalos do sujeito, chama-se-lhe resposta *tonal,* e a fuga será uma *fuga tonal.*

Contrassujeito

Após o enunciado do sujeito sem acompanhamento, entra a resposta. O sujeito não para neste ponto, mas prossegue simultaneamente com a resposta, embora um tanto em oposição a ela, fornecendo uma linha melódica contrária. Recebe, então, o nome de *contrassujeito*.

Vozes

Em geral, mas não sempre, as fugas são escritas em três ou quatro partes, ou vozes. Isso significa que existem três ou quatro linhas melódicas simultâneas, movendo-se com independência considerável mas formando, ao mesmo tempo, progressões harmônicas satisfatórias. Quando temos sujeito, resposta, depois novamente sujeito, falamos de uma fuga em três partes; quando temos sujeito, resposta, sujeito e novamente resposta, tudo em sequência, falamos de uma fuga em quatro partes.

```
                                              Resposta
                                    Soprano ━━━━━━━
           Sujeito:      Contrassujeito Contraponto livre
Contralto ━━━━━━━━━━━━━━━━━━━━━━━━━━━━━━━━━━━━━━━━━━━━━  ⎫
                  Resposta      Contrassujeito  Contraponto livre ⎬ etc.
            Tenor ━━━━━━━━━━━━━━━━━━━━━━━━━━━━━━━━━━━━  ⎭
                           Sujeito         Contrassujeito
                   Baixo ━━━━━━━━━━━━━━━━━━━━━━━
```

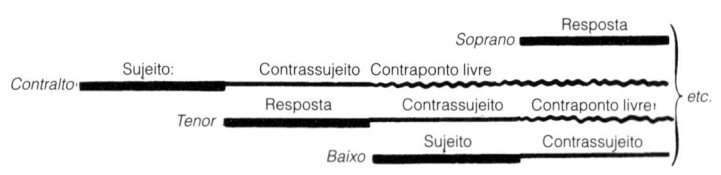

Fig. 129

Codetta

Por vezes é melodicamente necessário introduzir uma curta *passagem de ligação* entre o "sujeito" e a "resposta", ou em vários outros pontos durante uma fuga. Chama-se a isso uma *codetta*.

Episódio

O episódio é uma passagem contrapontística que forma um elo contrastante, modulatório, entre as várias reaparições do sujeito principal. Sob o aspecto temático, deriva em geral, mas não necessariamente, do sujeito ou do contrassujeito. O uso de sequências é muito comum em episódios.

Estrutura

Eis os elementos mais importantes da *textura* de uma fuga. Quanto à *configuração* do todo, uma fuga é convencionalmente dividida em três seções: exposição, seção central e seção final.

A *exposição* é a primeira parte de uma fuga, na qual o sujeito aparece uma vez ou mais em cada parte (ou voz). A contraexposição poderá seguir-se então como prolongamento da exposição.

A *seção central* segue-se à exposição. Um ou mais episódios são usualmente introduzidos nesta seção, usando várias modulações, por exemplo, nos tons relativo, da subdominante ou da dominante. O uso de longas pausas em uma ou mais vozes é comum nesta seção e serve para tornar mais marcante a entrada do sujeito nesses tons.

A *seção final* é geralmente contada a partir do lugar onde o sujeito principal retorna à tônica e que leva à culminação de toda a fuga.

O remate final de uma fuga (na verdade, de toda e qualquer outra composição musical) é frequentemente realizado adicionando-se alguns compassos extras à estrutura principal, os quais servem para concluir a peça com um floreado. Isso é a *coda*.

Todos os recursos técnicos descritos no item "Cânone", inclusive o próprio cânone, podem ser aplicados numa fuga. Mas além desses recursos há mais dois, o *stretto* e o *pedal,* que se revestem de particular interesse.

O *stretto* se verifica quando a entrada da resposta ocorre antes de o sujeito ter sido completado, sobrepondo-se assim a este último. A tensão pode ser aumentada, por exemplo, numa fuga em quatro partes, fazendo todas as quatro vozes entrarem em *stretto. O stretto cria* intensidade, portanto é empregado com frequência para criar um clímax.

O *pedal* consiste usualmente numa nota prolongada no baixo, enquanto a parte superior evolui. É interessante assinalar que esse tratamento, exceto quando a nota do pedal se ajusta totalmente à harmonia da parte superior (uma rara ocorrência), produz uma série de dissonâncias: estas, porém, são aceitas com prazer até mesmo pelos mestres acadêmicos. O pedal aparece usualmente no final de uma fuga (bem como em outras espécies de composição) como cadência.

A Fig. 131 serve de ilustração para uma exposição de fuga em mi maior, pertencente ao Livro II de *O cravo bem temperado,* de Bach.

Fig. 131

As Invenções a duas e três vozes, as Variações Goldberg e, é claro, *O cravo bem temperado* (Livros I e II) de Bach, os Sessenta Cânones de Haydn e os Treze Cânones de Brahms, fornecerão bom material para o aprofundamento do estudo da escrita contrapontística.

Sugestões para leituras complementares

Cooke, D., *The Language of Music,* Oxford University Press
Hindemith, P., *Traditional Harmony* Schott
Kitson, C.H., *The Evolution of Harmony,* Oxford University Press
Krenek, E., *Modal Counterpoint (in the style of the six-teenth century); Tonal Counterpoint (in the style of the eighteenth century),* Boosey & Hawkes
Milner, A., *Harmony for Class Teaching,* Livros I e II, Novello
Morris, R.O., *Figured Harmony at the Keyboard,* Partes I e II, Oxford University Press
Olroyd, G., *The Technique and Spirit of Fugue,* Oxford University Press
Piston, W., *Counterpoint,* Norton; *Harmony,* Norton.
Rubbra, E., *Counterpoint,* Hutchinson
Schoenberg, A., *Structural Functions of Harmony,* Williams & Norgate
Thiman, E., *Fugue for Beginners,* Oxford University Press
Wishart, P., *Harmony,* Hutchinson

Parte III
Formas musicais

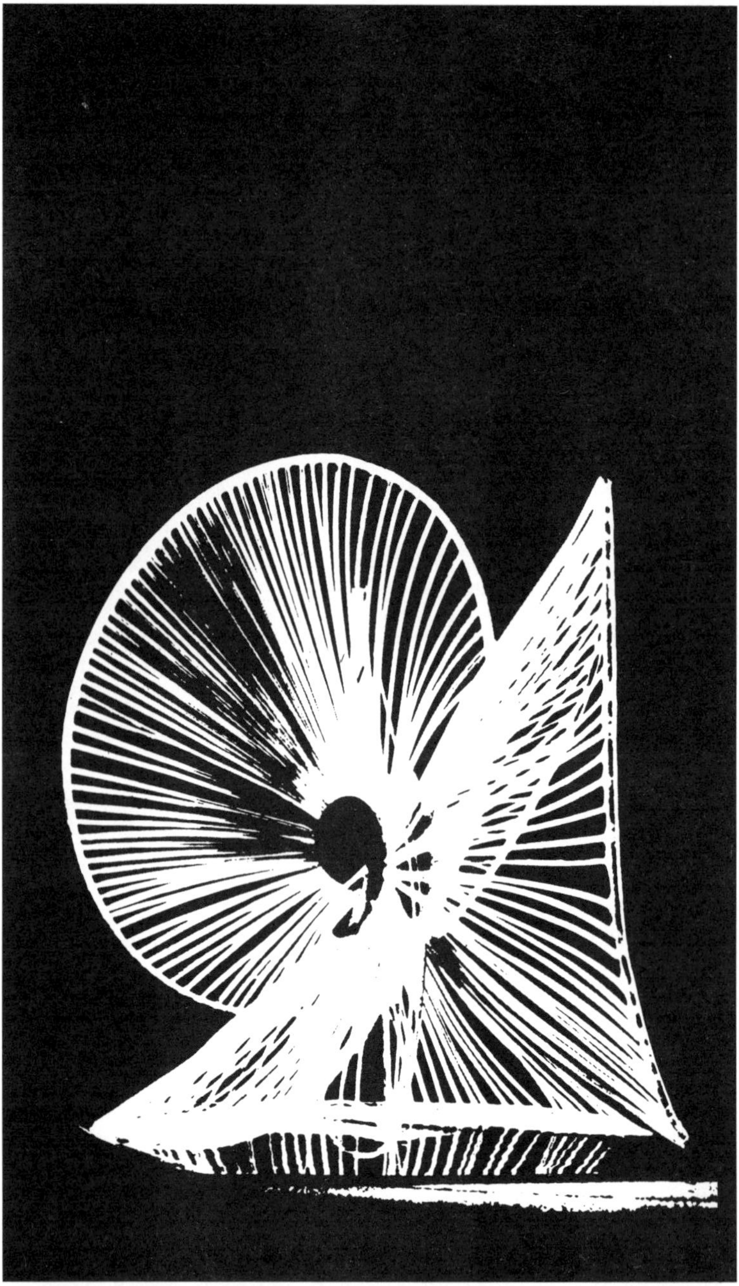

> Somente quando a forma é clara para você, o espírito também se tornará claro.
>
> Schumann

Estamos agora familiarizados com o vocabulário geral da música e seus símbolos. Comparamos, por exemplo, um som isolado, um acorde e uma cadência com uma letra, uma palavra ou um sinal de pontuação em linguagem. No presente capítulo, examinaremos como todos esses materiais assumem contornos formais e são usados no âmbito de uma estrutura musical.

Talvez o leitor se recorde da descrição da arquitetura por Goethe como "música congelada". Ele usou o exemplo da música para ilustrar o fluir lógico de um belo edifício. Se invertermos a metáfora, poderemos dizer que os tijolos da música são os seus *motivos*, as menores unidades de uma composição musical.

Motivo

Para ser inteligível, um motivo tem que consistir em, pelo menos, duas notas, e possuir um padrão rítmico claramente reconhecível que lhe insufle vida. Eis um motivo bastante conhecido, extraído da Nona Sinfonia de Beethoven:

Fig. 132

(trecho inicial)

e outro de Brahms:

Fig. 133 (começo da Sinfonia n.º 4 em mi menor, Op. 98)

Um motivo consiste normalmente em três, quatro ou mais notas, como no início da Quinta Sinfonia em dó menor, Op. 67, de Beethoven:

Fig. 134

Basta recordarmos a continuação da sinfonia para percebermos que esse motivo é a pedra fundamental de todo o edifício musical. É por meio do motivo e de seu desenvolvimento engenhoso (por exemplo, repetição, transposição, modificação, uso contrapontístico etc.) que um compositor enuncia e, subsequentemente, explica sua ideia. Mas, para explicar, tanto na música quanto na fala, é necessário fazer frases e sentenças inteligíveis.

Frase

Uma *frase* musical pode consistir em um ou mais motivos. O final de uma frase é usualmente indicado por uma cadência. Aí está a grande importância das cadências, já assinalada antes: elas representam a pontuação necessária. Eis alguns exemplos de frases musicais:

Fig. 135 Beethoven: Sonata para piano, Op. 14, N.º 2, *Ao Luar*.

Fig. 136 Mozart: Quarteto em si bemol maior, K. 589.

Período

Um tamanho comum para um *período* musical são oito compassos. (Naturalmente, alguns são mais extensos, outros mais curtos, mas é surpreendente verificar quantos são construídos de acordo com a bitola de oito compassos: sua simetria parece exercer um fascínio peculiar.) O leitor verá como os períodos seguintes se dividem naturalmente em duas partes. A primeira parte soa como que inacabada, a segunda completa o enunciado.

Fig. 137 Beethoven: Nona Sinfonia, último movimento.

Fig. 138 Haydn: Sinfonia n.º 104 em ré maior, *Londres*.

Embora adotemos por enquanto o período de oito compassos como norma, podemos encontrar muitos exemplos de períodos que parecem ter sido encurtados ou ampliados pela omissão ou adição de um ou mais compassos – tal como na linguagem podemos condensar um pensamento ou inserir um adjetivo extra. Um bom exemplo de período "condensado" é este com que principia a abertura de *As bodas de Fígaro* de Mozart:

Fig. 139

Os períodos são alongados, é claro, pela ampliação das frases neles contidas. Isso se faz por vários meios, como a repetição de cadências, o uso de sequências, a repetição ou imitação de um compasso etc. O exemplo seguinte é de *La Fleurie*, ou *La tendre Nanette*, de Couperin.

Fig. 140

Formas musicais **115**

Existem, naturalmente, muitos outros tipos de período musical de comprimentos variáveis: não há uma regra que possa restringir a inventividade de um compositor.

Forma binária

Passemos agora dos períodos para os parágrafos – ou, em termos musicais, para as estruturas completas. Se atentarmos para esta Sarabanda de Corelli, notaremos imediatamente sua semelhança com uma pergunta e uma resposta na fala.

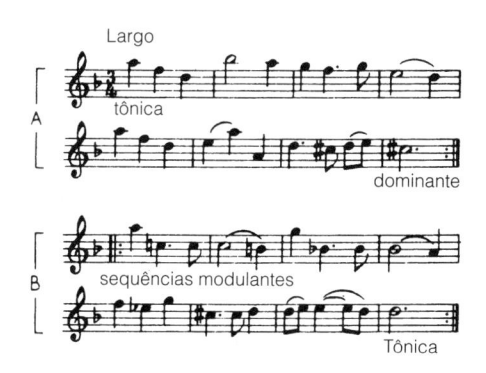

Fig. 141

Ela tem a sua seção interrogativa (A), começando na tônica e terminando na dominante. A segunda seção, de resposta (B), recebe sua melodia do tom em que (A) terminou, modulando-o ao fazê-lo, depois retorna à tônica. Esse procedimento é como perguntar a alguém:

"Como vai você?" e receber a resposta:
(T) (D)
"Eu vou bem, obrigado."
(T)

Aqui, o "eu" do primeiro período pode ser considerado a tônica; a dominante, "você", converte-se no "eu" do período seguinte, e o "você", implícito no "obrigado", é devolvido ao primeiro interlocutor, convertendo-se uma vez mais em "eu".

Este exemplo ilustra a forma "binária" (binária por causa de suas duas seções). É o mais simples *lay-out,* esquema, forma ou plano, chamem-no como quiserem, utilizado pelos compositores. Uma forma musical não inibe um compositor, fornece-lhe simplesmente uma estrutura na qual ele pode expressar-se artisticamente. Essa disciplina formal é como a aceita pelo poeta que tenta expressar seu pensamento e sua emoção dentro da estrutura de, digamos, um soneto.

Vejamos agora um exemplo tirado de Bach, para avaliar como a forma binária pode ser ampliada. Eis o fecho da Allemande da Suíte Francesa n.º 6.

Fig. 142

Notamos aqui quatro compassos extras, após o final esperado, propiciando uma conclusão serena, um pouco mais de tempo para encerrar a peça confortavelmente. É a coda (com que já nos encontramos durante a nossa análise da fuga).

Na forma binária, as duas seções, A e B, são frequentemente repetidas, o que torna mais acentuadas as diferenças entre elas. Quando A e B não são simétricas, a seção mais longa é B. Isso por causa das possibilidades mais ricas de modulação durante o retorno à tônica, e também por causa da coda, quando ela existe (contando a coda como parte de B). A música de dança dos séculos XVII e XVIII, que atingiria sua mais perfeita expressão nas suítes de Bach, é na maior parte em forma binária.

Forma ternária

Se, agora que o leitor já digeriu essa fórmula binária "AB", lhe for dada outra fórmula, consistindo em "ABA", ele suporá automática e corretamente que A representa uma seção, B outra seção e que o reaparecimento de A deve ser a repetição do primeiro A, ou algo muito semelhante a ele. Mas, se olhar para a Fig. 143 com atenção, verificará que existe, de fato, uma importante diferença entre as duas fórmulas. ABA, a chamada forma "ternária", difere da binária na medida em que B é um *episódio* em completo contraste com A^1 e A^2, e em que cada uma das seções é harmonicamente autônoma. Este exemplo é tirado do terceiro movimento da Sonata para piano em si bemol maior, Op. 22, de Beethoven.

Fig. 143

Resumindo a configuração geral da forma ternária, podemos chamá-la de sanduíche musical, o qual é composto de uma primeira seção, que começa na tônica e termina ou na tônica, ou num tom relativo; um episódio (o recheio), que contrasta com a primeira e a terceira seções em consequência do uso de um ou mais tons e/ou material diferentes; e uma terceira seção, que é a repetição exata ou ligeiramente variada da primeira, começando e terminando na tônica. Por vezes, como no nosso exemplo, é adicionada uma coda.

Muitos exemplos de música escrita nessa forma podem ser encontrados no repertório musical geral. Um exemplo antigo é a *Canção do pastor* da ópera *A lenda de Orfeu* (1607), de Monteverdi. Bach usa-a em suas suítes quando indica um *alternativo* (isto é, a primeira de um par de danças é repetida depois que a segunda foi tocada). A ária *da capo* é um exemplo óbvio, como também o minueto+trio+minueto usado pelos compositores do período clássico (Haydn, Mozart, Beethoven) como terceiro movimento de uma sinfonia ou de uma sonata. E, se prestarmos atenção às peças mais curtas para piano da era romântica, como, por exemplo, os noturnos e mazurcas de Chopin e os improvisos de Schubert, verificaremos que muitas delas são em forma ternária.

Formas baseadas em danças

Durante séculos, a dança teve, sobretudo, um significado ritualístico e religioso. A adoração e o apaziguamento dos deuses, as orações para a fertilidade, o bom tempo etc., expressavam-se com frequência por meio de movimentos coreográficos e de músicas apropriadas à dança, tanto a improvisada quanto a de caráter tradicional. Na Grécia e na Roma antigas, a dança evoluiu lentamente do rito para a arte consciente. Mas, sacra ou secular, arte ou não, havia algo de fundamentalmente erótico na dança, o que não agradava à

Formas musicais

Igreja. Durante a Idade Média, a música de dança e a própria dança não foram vistas com bons olhos. Não obstante, o povo continuou cultivando-a e a dança encontrou seu renascimento nas várias cortes europeias do século XVI. Danças quase sempre de origem rústica tornaram-se moda e evoluíram até se converterem em peças instrumentais bastante estilizadas, ao som das quais, no fim de contas, já ninguém dançava, mas simplesmente ouvia. Esse procedimento encontra sua clara manifestação na suíte.

Suíte

A suíte é uma composição musical que consiste num encadeamento de danças estilizadas. Foi uma das formas de música instrumental mais importantes nos séculos XVII e XVIII, sendo ainda usada, embora com modificações.

Os quatro tipos de dança mais importantes que convencionalmente figuram numa suíte da era barroca (por exemplo, as de Bach) são a *allemande*, a *courante*, a *sarabanda*, e a *gigue*.

Allemande

A *allemande* é uma dança de origem alemã, em compasso quaternário (4) e andamento moderado. Sua característica rítmica é o início em tempo fraco indo para o tempo forte.

Fig. 144 Bach: Suíte para violoncelo solo em sol maior.

Courante

Existem duas espécies de *courante:* a italiana e a francesa. A italiana (*corrente*) é uma dança em compasso ternário ($\frac{3}{4}$) de caráter animado.

Fig. 145 Haendel: Suíte em sol menor.

A *courante* francesa é em compasso ternário ($\frac{3}{2}$ ou $\frac{6}{4}$) e de natureza contrapontística. Sua característica peculiar é que os dois ritmos costumam ser intercambiados ou até misturados, sobretudo nas cadências. Portanto, a posição do acento é variada e o ritmo fica algo ambíguo. O procedimento pode ser qualificado de *polirrítmico.*

Fig. 146 Bach: Suíte Inglesa n.° 5 em mi menor.

Sarabanda

A sarabanda proveio da Espanha, mas sua verdadeira origem seria, ao que se supõe, moura ou persa. É num lento e solene compasso $\frac{3}{4}$ ou $\frac{3}{2}$, com um acento no segundo tempo. Embora o seu caráter acabasse tornando-se nobre e decoroso, a sarabanda era originalmente uma voluptuosa dança de amor que escandalizou muitos e proeminentes homens virtuosos.

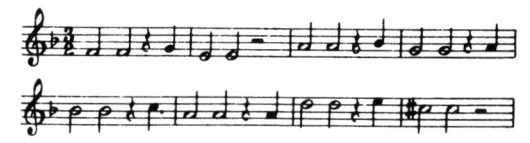

Fig. 147 Haendel: Suíte em ré menor

Gigue

A *gigue,* ou giga, aparece como o movimento final de uma suíte. É uma dança rápida e muito animada, de origem inglesa ou irlandesa. É geralmente em $\frac{3}{8}$, $\frac{6}{8}$, $\frac{9}{8}$ ou $\frac{12}{8}$, e seu tratamento é sobretudo imitativo, frequentemente fugato.

Fig. 148 Bach: Suíte Inglesa n.º 5 em mi menor

Aos quatro constituintes básicos da suíte, vários outros gêneros de dança eram frequentemente (mas nem sempre) adicionados, por exemplo, o minueto (ver p. 122-3), a gavota ($\frac{4}{4}$), o *passe-pied* ($\frac{3}{8}$ ou $\frac{6}{8}$), a *bourrée* ($\frac{4}{4}$), a *musette* (dança pastoril com bordão parecido ao da gaita de foles) e a *passacaglia* (ver p. 123-4). Por vezes, a *allemande* era precedida por um movimento introdutório não baseado numa dança, mas de natureza algo improvisadora ou rapsódica. Tais movimentos eram o *prelúdio,* a *fantasia,* a *toccata* e outros.

Os vários movimentos da suíte barroca baseavam-se em geral numa modalidade, embora a modulação aparecesse dentro dos movimentos. Em períodos ulteriores, ocorreram muitas mudanças, sobretudo no uso flexível da tonalidade, na adaptação de outras danças que não as convencionais e, finalmente, na livre associação de várias formas musicais contrastantes. Exemplos da forma suíte podem ser encontrados nas Partitas de Bach, em suas Suítes Francesas, Inglesas e orquestrais, e nas suítes de Haendel; exemplos posteriores incluem a suíte *L'Arlésienne*, de Bizet, a suíte *Peer Gynt* de Grieg, a suíte *O pássaro de fogo* de Stravinsky e a *Suíte de danças* de Bartók.

Das várias danças dos séculos XVI e XVII, há três que, à parte sua ocasional participação numa suíte, possuem peculiaridades e importância particulares. São elas o *minueto*, a *chaconne* e a *passacaglia*.

Minueto

Originário da França, o minueto foi uma das danças oficialmente aceitas na corte de Luís XIV. É em compasso $\frac{3}{4}$ e, no início, sua velocidade era graciosamente moderada mas, nas mãos de Haydn e Mozart, foi ficando gradualmente mais rápida. Por fim, com Beethoven, seu caráter mudou tanto que ele acabou substituindo-o por um rápido e vivo *scherzo*.

A estrutura do minueto pode ser binária ou ternária. A peculiaridade interessante do minueto é que ele se combina frequentemente com o chamado *trio*, *o* qual consiste numa seção intermédia entre o minueto e sua repetição. O trio era tocado originalmente por apenas três executantes; daí seu nome. Portanto, a linha geral da forma *minueto* e *trio* é a seguinte:

A¹ *Minueto*, escrito em forma binária ou ternária, abrindo e fechando na tônica.

B *Trio,* baseado em novo material, que pode ser em forma binária ou ternária. A tonalidade com frequência é nova.
A² Repetição de A¹ com o acréscimo ocasional de uma coda.

Como estrutura completa, o *minueto* e *trio* é, evidentemente, em forma ternária, como já vimos.

Fig. 149 Mozart: Sinfonia n.° 40 em sol menor

Chaconne e passacaglia

A *chaconne* e a *passacaglia* eram originalmente formas em compasso ternário lento, mas perderam inteiramente suas características de dança. A ideia básica de seu tratamento altamente estilizado é a variação contínua, usualmente sobre um baixo *ostinato.* O italiano *ostinato* (= obstinado) significa a repetição persistente de uma frase musical ao longo de todo um movimento, ou episodicamente. O princípio do *ostinato* é a principal característica da chaconne e da passacaglia.

Um dos exemplos mais notáveis desse tratamento é a conhecida Passacaglia em dó menor de Bach, para órgão. Nesse *ostinato* de oito compassos de extensão o tema reaparece 20 vezes, principalmente no baixo, repetido exatamente ou com ligeiras variações.

Fig. 150

A correta distinção entre uma chaconne e uma passacaglia é um problema musicológico ainda por resolver. Mas, apesar de todas as suas semelhanças, é possível dizer que a passacaglia se baseia num acentuado tema melódico *ostinato*, o qual está usualmente no baixo, enquanto a chaconne é uma variação contínua na qual o "tema" é muito mais uma cadeia de acordes que servem de base para cada variação. Trata-se, é verdade, de uma ínfima distinção, que tem sido frequentemente negligenciada por vários compositores, historiadores e críticos, os quais, de fato, empregam indistintamente ambos os termos. Portanto, não se deve ficar surpreso ao ver o último movimento da Quarta Sinfonia de Brahms citado ora como um típico exemplo de passacaglia, ora como exemplo não menos típico de chaconne.

Variações

A chaconne e a passacaglia pertencem, em parte, à categoria das variações, mas, devido à sua origem na dança e também à sua aparição comum dentro de uma suíte, foram descritas sob o item geral de "dança". Podem servir agora como ponte para o nosso próximo assunto: a forma variação.

Como não será difícil supor, "variação" significa a apresentação de um tema repetidas vezes, mas rítmica, melódica ou harmonicamente modificado de cada vez. O tema que serve para a variação é quase sempre uma melodia facilmente apreendida, escrita em forma binária ou ternária, mas também pode ser um único período musical. O tema pode ser uma composição original do compositor, como as Variações de Mozart em sua Sonata para piano em lá maior, mas é frequentemente tomado de outro compositor para demonstração virtuosística das potencialidades melódicas e harmônicas desse tema, como no caso, por exemplo, das

Variações Diabelli de Beethoven e das Variações de Brahms sobre temas de Haendel e Haydn.

A Fig. 151 oferece uma ilustração do tema de Diabelli e também alguns compassos das primeiras duas variações de Beethoven sobre esse tema.

Fig. 151

Rondó

O rondó musical, à semelhança do *rondó* da poesia, baseia-se na repetição. Num rondó, o tema principal reaparece pelo menos três vezes, com frequência mais. Cada vez, o tema e sua repetição estão claramente separados por um episódio contrastante. Portanto, o plano de um rondó tem a seguinte configuração:

A¹ Tema na tônica.
B Primeiro episódio, em outro tom.
A² Tema na tônica.
C Segundo episódio, em outro tom.
A³ Tema na tônica, levando frequentemente para uma coda.

Essas seções são, quando necessário, fluentemente ligadas por pequenas "passagens" ou "pontes". A forma rondó, por causa de sua forte semelhança com o princípio ternário (ABA), é descrita às vezes como uma forma ternária ampliada (um sanduíche duplo).

Um notável exemplo da forma rondó é o Adágio da Sonata n.º 8 em dó menor, Op. 13 *(Patética)* de Beethoven.

Fig. 152
(Esta é a repetição do tema na clave de sol.)

A sonata

Até o século XVI, a música instrumental não tinha grande importância. O estilo musical baseava-se, em geral, no aspecto vocal da música, e os instrumentos, quando empregados, tinham usualmente uma função subordinada à das vozes.

A ascensão da música instrumental é convencionalmente datada do século XVI. O germe da sonata pode ser localizado nesse período. Originalmente o termo "sonata" (do italiano *suonare*, "tocar") significava tudo o que não era cantado, mas tocado em instrumentos. Em contraste com a suíte, que se desenvolveu a partir da música de dança, a sonata tinha suas raízes num tipo vocal de música de origem franco-flamenga chamado *chanson.* No século XVII e começo do XVIII, a sonata, em contraste com a suíte, consistia, em geral, numa composição de vários movimentos, mas de caráter mais sério, escrita em parte na forma binária e em parte na forma ternária. Uma distinção adicional foi feita entre a *sonata da camera* (sonata de câmara) e a *sonata da chiesa* (sonata de igreja). Entretanto, nessa época, as diferenças entre a sonata e a suíte não eram muito nítidas. Movimentos com características de dança apareciam frequentemente na sonata. O movimento *minueto* e *trio* da sonata clássica é, de fato, uma relíquia desse dualismo.

A partir desses tipos iniciais de sonata, em decorrência de uma lenta evolução, na qual muitas e distintas formas estiveram envolvidas e para a qual muitos compositores contribuíram, a sonata adquiriu, em meados do século XVIII, sua configuração característica, bem como sua importância suprema entre as formas de música. A época de Haydn, Mozart e Beethoven – o chamado período clássico – ostenta o cunho inconfundível da forma sonata. Foi nas mãos desses compositores que ela atingiu o apogeu de uma estrutura musical sumamente complexa.

Forma sonata

Deste nosso breve esboço histórico, passaremos agora a um exame mais detalhado do princípio da sonata. A forma sonata descreve a estrutura característica de um *único movimento.* A forma sonata clássica apresenta três divisões básicas: *exposição, desenvolvimento* e *recapitulação.*

Exposição

Tal como na primeira parte de uma peça teatral somos apresentados aos principais personagens, também na exposição da forma sonata tomamos conhecimento de seu material temático básico. Esse material, à maneira das *dramatis personae* de uma peça, está dividido em dois grupos, que podemos caracterizar como masculino e feminino. O tema do primeiro sujeito (ou primeiro grupo de sujeitos, quando há mais de uma ideia temática) é usualmente uma breve e concisa melodia de acentuado interesse rítmico e de caráter "masculino", na tonalidade da tônica.

Fig. 153 Beethoven: Sonata em dó menor, Op. 10, n.º 1

O segundo sujeito (ou grupo) é em geral de caráter lírico, mais "feminino", em contraste com o primeiro sujeito. Pode-se afirmar geralmente que, no segundo sujeito, o interesse melódico predomina. (Assinale-se, porém, que os dois papéis às vezes se invertem e o sujeito lírico é o que aparece primeiro.) No entanto, o mais importante contraste entre o primeiro e o segundo sujeito é que este último aparece num tom diferente, que é, em geral, o da dominante, ou o relativo maior ou menor.

Fig. 154 Beethoven: Sonata em dó menor, Op. 10, n.º 1

A transição entre os dois grupos é feita por uma ponte modulante de extensão variável, baseada normalmente no material temático do primeiro sujeito. Levando mais adiante nossa analogia teatral, poderíamos chamar esse novo "personagem" de um amigo do marido e da mulher.

A exposição termina com uma codetta. Nesse ponto, a menos que haja uma repetição completa da exposição, como acontece às vezes, inicia-se o desenvolvimento.

Desenvolvimento

No desenvolvimento, o material dado é elaborado até um clímax. Tomamos agora conhecimento de todo o conflito dramático, o qual se expressa através de vários recursos musicais, como a modulação, o uso de cadências à dominante (meias-cadências) e interrompidas, ornatos melódicos, tensão dinâmica etc. Uma vez mais, parece óbvia a semelhança com o desenvolvimento de uma peça teatral.

Recapitulação

A recapitulação é a seção final, na qual a exposição é repetida, mas com algumas modificações técnicas e emocionais. A modificação técnica importante é que o segundo sujeito está agora na tonalidade da tônica. O todo leva a uma coda. O conflito cessou, os personagens readquiriram seu equilíbrio, mas, em decorrência dos eventos que vivenciaram, sofreram sutis mudanças.

Como estrutura completa, a forma sonata pode ser descrita, em linhas gerais, como ternária (A^1 B A^2).

Como termo genérico, "sonata" define uma composição instrumental de vários movimentos para um ou dois instrumentos, *na qual um ou mais movimentos são em forma sonata*. Esta constitui, na grande maioria das vezes, o primeiro movimento da composição e, por causa disso, a forma sonata é frequentemente citada como "forma do primeiro movimento".

A sonata, como um todo, consiste normalmente em três (ou, com maior frequência, quatro) movimentos. O plano comum de uma sonata em quatro movimentos é:

1.º movimento: Forma sonata.
2.º movimento: Forma ternária (mas também pode ser forma sonata, rondó, variações etc.).
3.º movimento: Minueto e trio (ou scherzo e trio).
4.º movimento: Rondó (ou forma sonata, às vezes variações).

Suas indicações usuais de andamento baseiam-se no princípio estético da variedade equilibrada, sendo as mais comuns: (1) Rápido; (2) Lento; (3) Moderadamente rápido; (4) Rápido.

Quando a sonata é para mais de um ou dois instrumentos, o nome da composição passa a ser trio, quarteto, quinteto, etc. Portanto, um *quarteto de cordas*, por exemplo, é realmente uma sonata para quatro instrumentos de cordas: dois violinos, viola e violoncelo. Quando se trata de uma orquestra inteira, falamos de uma *sinfonia*.

Por vezes, essas obras são precedidas de uma introdução. Esta é uma seção musical que, como seu próprio nome indica, serve para introduzir ou apresentar o movimento subsequente. Pode ser muito breve, como a introdução de dois compassos na *Sinfonia eroica* de Beethoven, ou muito mais extensa, como na sua Sétima.

Formas musicais 131

Rondó-sonata

O rondó-sonata é uma interessante combinação de duas formas, a forma rondó e a forma sonata. Apresenta-se frequentemente como o último movimento de uma sonata. A configuração geral dessa forma e a seguinte:

Exposição
A^1 *Tema rondó,* servindo como *primeiro sujeito,* na tônica.
B^1 *Primeiro episódio, o* qual introduz o *segundo sujeito,* na dominante ou outro tom.
A^2 *Tema rondó,* primeiro sujeito, na tônica.

Desenvolvimento
C *Segundo episódio,* ou *episódio central,* no qual ocorre o desenvolvimento.

Recapitulação
A^3 *Tema rondó,* primeiro sujeito, na tônica.
B^2 *Terceiro episódio,* no qual reaparece o segundo sujeito mas agora na tônica (exatamente como na forma sonata).
A^4 *Tema rondó,* levando à coda.

Existem copiosos exemplos desta forma no repertório de Haydn, Mozart e Beethoven. Um exemplo muito conhecido é o último movimento da Oitava Sinfonia de Beethoven.
Eis o seu tema:

Fig. 155

Sinfonia

A sinfonia é simplesmente uma adaptação da sonata para grande orquestra. Em virtude de suas maiores possibilidades musicais – sobretudo de cor e clímax – a escrita sinfônica ocupa um lugar imponente na história da música. É o romance da literatura musical; em seu âmbito instrumental há lugar para tudo, desde o mais delicado lirismo até a expressão da luta heroica. O esquema comum de uma sinfonia é semelhante ao esquema da sonata apresentado na p. 130.

Concerto

O concerto é uma composição para instrumento ou instrumentos solistas e orquestra, em que os dois lados, por assim dizer, se complementam (o latim *concertare* = combater lado a lado).

Quando um pequeno *grupo* de instrumentos (denominado *principale* ou *concertino*) compete com a orquestra inteira (chamada *tutti* ou *ripieno*) a obra denomina-se *concerto grosso*. Foi esse um dos tipos mais importantes de música orquestral do período barroco. No começo, continha um maior número de movimentos, mas, com Vivaldi, ficou estabelecida a sucessão de três movimentos: rápido, lento, rápido.

Os concertos de Corelli, Vivaldi, Bach e Haendel mostram exemplos de ambos os tipos. Após uma longa pausa, o tratamento de concerto grosso foi ressuscitado, em certa medida, por alguns compositores modernos, por exemplo, Bartók e Hindemith, que escreveram ambos um Concerto para orquestra.

O concerto para solista consta da apresentação de um instrumento solista com o acompanhamento (o que não significa necessariamente subordinação) de uma orquestra.

Às vezes, são usados dois, três e até quatro instrumentos solistas; nesse caso o nome da obra é "concerto duplo", "concerto triplo", "sinfonia concertante" etc. Dos clássicos vienenses em diante, o concerto passou a conter comumente três movimentos. Estes correspondem, na estrutura, aos primeiro, segundo e quarto movimentos de uma sonata (omitindo-se o minueto e trio). Como parte do primeiro movimento e, às vezes, também dos outros dois, é inserida a *cadência*. Esta é, simplesmente, uma oportunidade para que o solista exiba sua técnica virtuosística, enquanto a orquestra permanece em silêncio. O lugar usual da *cadência* é no final da recapitulação, começando num acorde de sexta e quarta (Ic) e terminando na dominante (V), quando a orquestra reentra *(tutti)* e conclui o movimento. Originalmente, o solista improvisava a sua cadência, que se baseava no tema principal do movimento. Mas, de Beethoven em diante, a cadência é usualmente escrita pelo próprio compositor.

Abertura

A *abertura é* uma composição instrumental que, como seu nome sugere, serve para introduzir uma ópera, oratório ou composição similar. Nas óperas do início do século XVII, a abertura, quando havia uma, não passava de uma espécie de sinal destinado a chamar a atenção do público antes do início da obra propriamente dita. Desse item utilitário, evoluíram os dois tipos clássicos de abertura: a *francesa* e a *italiana*.

A *abertura francesa* está associada ao nome de Lully, italiano de nascimento, músico da corte do Rei Sol. Originalmente, a abertura francesa tinha duas seções: uma *lenta*, escrita em estilo solene, quando não pomposo, com predominância de ritmos pontuados; e uma *rápida*, em estilo contrapontístico tratado de um modo leve e livre. Com frequência, esta seção levava a uma passagem lenta à maneira de coda, a qual foi finalmente ampliada para formar uma terceira seção. Às vezes, o material da primeira seção lenta era repetido, ou então um movimento com o caráter de dança era adicionado às duas seções principais. A abertura do oratório *Messias* de Haendel é um exemplo sobejamente conhecido do tipo francês.

A *abertura italiana* foi introduzida por Alessandro Scarlatti, um compositor italiano mais jovem do que Lully e que foi um dos fundadores da escola napolitana de ópera. Essa abertura consistia em três seções num estilo basicamente homofônico: rápido-lento-rápido. Na época, era comumente conhecida como "sinfonia", significando uma abertura antes de uma ópera. Durante o século XVIII, o tipo francês de abertura foi sendo lentamente superado e a abertura passou a ser um simples movimento em forma sonata como, por exemplo, a abertura de *A flauta mágica,* de Mozart. Com Wagner, ela converteu-se num "guia" temático livremente tratado, que leva diretamente à cena inicial da ópera, como em *Os mestres cantores*.

A *abertura de concerto* é uma composição orquestral independente, que não tem conexão alguma com qualquer obra operística ou de outro gênero. Sua forma é, com frequência, uma forma sonata mais solta, contudo outros tipos de formas também são usados. Exemplos de aberturas de concerto são *O carnaval romano,* de Berlioz, e a *Abertura festival acadêmico,* de Brahms.

Entretanto, as aberturas relacionadas a uma composição operística ou dramática são frequentemente executadas como aberturas de concerto, por exemplo, as aberturas *Leonora* e *Coriolano,* de Beethoven.

Formas vocais

Em contraste com a canção "folclórica", cuja origem é anônima e que se cristaliza ou degenera de acordo com o senso estético instintivo do povo que a transmite auditivamente de geração em geração, a canção "artística" é deliberadamente escrita por um compositor. Boa ou ruim, está no papel, e ele é plenamente responsável pelo que escreveu. A essa categoria pertencem a *ária* e o *lied*. As duas palavras significam simplesmente "canção", em italiano e em alemão. Entretanto, elas são hoje usadas internacionalmente para distinguir dois gêneros de canção de "arte".

Ária

A ária é uma composição vocal solista construída numa escala mais ampla do que a canção simples e com acompanhamento instrumental. A escolha de sua forma é muito livre: forma binária, forma ternária, rondó, passacaglia, etc., todas essas formas podem servir como estrutura formal da ária. A ária *da capo* (em italiano, *da capo* = desde o princípio) apresenta uma estrutura fixa em três partes, a qual é realizada mediante a repetição de sua primeira seção após uma segunda seção contrastante. Esse é um exemplo óbvio de forma ternária. A indicação de *da capo* (abreviatura D.C.) é escrita no final da ária.

Recitativo

Embora não seja em si mesmo uma forma musical, o recitativo tem especial importância para o estilo vocal operístico (isto é, na ópera, oratório, Paixão etc.). Indica um estilo vocal predominantemente falado, baseado num texto de natureza narrativa ou declamatória. No recitativo, melodia, ritmo e frase estão subordinados à inflexão da fala enfática. Ao contrário da ária, o recitativo não tem forma definida, sendo sua verdadeira função ligar e dar seguimento ao desenvolvimento da história, como, por exemplo, o Evangelista na *Paixão segundo São Mateus,* de Bach. Assim, o recitativo precede ou sucede árias, coros etc., assegurando, pois, a continuidade da ação. Os músicos distinguem entre dois gêneros de recitativo, o *secco* (seco, em italiano) e o *accompagnato* (acompanhado, em italiano). No caso do recitativo seco, o acompanhamento do cantor não é mais do que um ocasional arpejo tocado no teclado, reforçado no baixo pelo violoncelo ou viola de gamba; no caso do recitativo acompanhado ou obrigado, o acompanhamento é tocado pela orquestra ou grupo instrumental menor.

Numerosos exemplos de árias, árias *da capo* e recitativos podem ser encontrados no repertório operístico do século XVIII e, em certa medida, do século XIX. Basta mencionar os nomes de Bach, Haendel, Mozart, Rossini e Verdi para trazer à mente exemplos conhecidos. Não é necessário ir além do *Messias* de Haendel para encontrar exemplos de todas as três formas.

Lied

O *lied* está associado, fundamentalmente, ao período romântico alemão e, sobretudo, ao nome de Schubert. Em sua acepção geral, o *lied* significa uma canção baseada num poema, com acompanhamento de piano. No entanto, a característica mais importante do *lied* é que sua parte de piano não constitui um mero suporte decorativo para canção, sendo, pelo contrário, uma parte igual e integrante dela. A milagrosa façanha artística do jovem Schubert foi justamente essa: o significado essencial do texto poético é expresso por voz e instrumento numa unidade insuperável. (Ver, de Schubert, *A morte e a donzela, O rei dos elfos* etc.) A forma do *lied* pode ser qualquer uma que melhor se ajuste à expressão musical do texto.

Um *ciclo de canções* é uma série de *lieder* relacionados entre si por um pensamento comum, formando desse modo uma unidade artística. São exemplos de ciclos *A bela moleira,* de Schubert, e *Amor de poeta,* de Schumann.

Omitimos aqui um exame separado da missa, da cantata, da ópera, do oratório, etc., em parte por razões de espaço, mas também porque não são formas musicais realmente distintas, senão muito mais uma fusão de várias formas, todas as quais já foram tratadas neste capítulo. Na ópera, por exemplo, temos, ou podemos ter, um gigantesco amálgama de todas as formas musicais existentes, com a inclusão de dramaturgia, poesia, prosa, arte decorativa e dança.

Música programática

Esta expressão não implica uma determinada forma, sendo uma descrição geral para a música que está sob a influência de um tema não musical, digamos, um quadro ou uma história. Exemplos de música programática são a *Sinfonia fantástica* de Berlioz, *Till Eulenspiegel* de Richard Strauss, e *Prélude à l'après-midi d'un faune* de Debussy.

O *poema sinfônico* pertence à categoria de música de programa. O termo descreve uma composição orquestral programática que contém usualmente um movimento numa forma sonata livremente adaptada.

Já discutimos, agora, os mais importantes gêneros de forma musical suscetíveis de ser encontrados pelo ouvinte. Obviamente, esta introdução não poderia cobrir todos os tipos existentes de composição, que podem ser estudados nos vários livros sugeridos na p. 138.

Sugestões para leituras complementares

Crocker, R. L., *A History of Musical Style,* McGraw-Hill
Davie, C.T., *Musical Structure and Design,* Dobson
Dent, E.J., *Opera,* Penguin Books
Grout, D.J., *A Short History of Opera,* Oxford University Press
Harman, A., e Mellers, W., *Man and His Music,* Barrie e Rockliff
Hill, R. (coord.), *The Concerto,* Penguin Books
Hopkins, A., *Talking About Symphonies; Talking About Sonatas* e *Talking About Concertos,* Heinemann
Jacobs, A. (coord.), *Choral Music, A Short History of Western Music,* Penguin Books
Lang, P.H., *Music in Western Civilization,* Dent
Leichtentritt, H., *Musical Form,* Harvard University Press
Matthews, D. (coord.), *Keyboard Music,* Penguin Books
Réti, R., *The Thematic Process in Music,* Macmillan (Nova Iorque)
Robertson, A. (coord.), *Chamber Music,* Penguin Books
Simpson, R. (org.), *The Symphony 1: Haydn to Dvorak; 2: Elgar to the Present Day,* Penguin Books
Spink, L, *An Histórical Approach to Musical Form,* Bell
Tovey, D. Francis, *Essays in Musical Analysis,* Oxford University Press
Ulrich, H., e Pisk, P.A., *A History of Music and Musical Style,* Rupert Hart-Davis

Parte IV

Instrumentos e vozes

Fig. 9.

> Toda arte aspira constantemente à condição de música.
>
> Walter Pater

A voz humana

A mais antiga e a mais natural fonte sonora capaz de produzir deliberadamente música é a voz humana. Portanto, embora este capítulo seja dedicado, em primeiro lugar, à descrição dos mais importantes instrumentos musicais construídos artificialmente e usados no repertório geral de concerto, falaremos antes, ainda que de maneira sucinta, da voz humana.

No início deste livro vimos que o fator essencial na produção do som é o movimento resultante de um corpo vibratório, gerando ondas de compressão no ar. A voz humana funciona segundo esse mesmo princípio; o som é produzido pela vibração das duas minúsculas cordas vocais situadas na nossa laringe. Essas cordas são postas em vibração pelo ar expelido por nossos pulmões. A altura do som produzido depende da tensão das cordas vocais. Quanto mais tensas as cordas vocais estiverem, mais elevada será a altura do som e vice-versa. O som é reforçado pelas cavidades bucal, nasal e craniana, que servem como caixas de ressonância. A qualidade da voz depende da qualidade e flexibilidade das cordas.

As quatro categorias básicas da voz humana, que são usadas para descrever o registro e o timbre, são as seguintes: baixo, tenor, contralto e soprano (como já vimos na Parte II). Globalmente, essas vozes abrangem a seguinte extensão aproximada:

Entretanto, ambas as extremidades podem ser prolongadas por cantores solistas. Aqui está um exemplo sobejamente conhecido para cada uma dessas vozes:

(a) Soprano Mozart: *Aleluia,* do moteto
Exsultate, jubilate.

Fig. 156 (b) Contralto Ária da *Paixão segundo São Mateus,* de Bach.

Fig. 157 Tenor Verdi: *Requiem.*

Note-se que a parte de tenor, quando escrita na clave de sol, soa uma oitava abaixo. É assim escrita simplesmente por uma questão de conveniência, uma vez que desse modo são necessárias menos linhas suplementares.

Fig. 158 Baixo Ária de Sarastro de *A flauta mágica*, de Mozart.

Descreveremos agora os mecanismos produtores de som artificial chamados instrumentos. Eles costumam ser classificados em três categorias principais: instrumentos de cordas, instrumentos de sopro e instrumentos de percussão.

Instrumentos de cordas

Os instrumentos de cordas incluem todos os instrumentos em que o som é produzido pela vibração de cordas retesadas. Estão divididos em três grupos, segundo a maneira como a vibração é gerada: (1) *instrumentos de arco,* em que a corda vibra em consequência da fricção de um arco (o arco é uma vara flexível mas firme, com uma ligeira curvatura para dentro e tendo um feixe de crinas de cavalo esticado ao longo dele); (2) *instrumentos de cordas picadas,* em que a vibração é produzida beliscando-se a corda; (3) *instrumentos de teclado,* em que a corda é ferida por um pequeno martelo acionado por uma tecla.

A família do violino

Os membros mais importantes da família de instrumentos de arco são o *violino,* a *viola,* o *violoncelo* e o *contrabaixo.* São instrumentos extremamente sensíveis, nos quais podem ser reproduzidos os mais delicados matizes de sonoridade e de intensidade.

O violino adquiriu seu nobre formato final nas mãos das famílias Amati, Stradivari e Guarneri. Isso aconteceu durante o século XVII e começo do XVIII; depois disso, mais nenhuma mudança importante foi feita na sua forma.

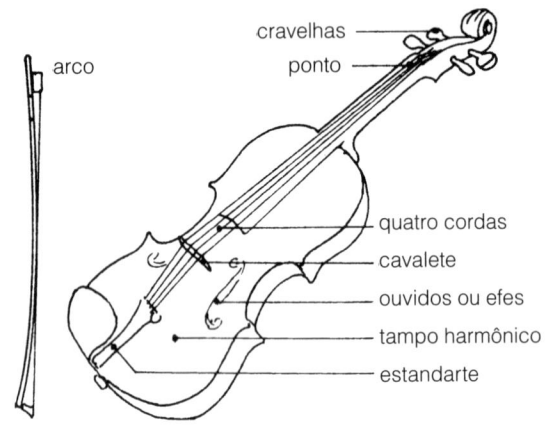

Fig. 159 As quatro cordas do violino são afinadas em sol, ré$_1$, lá$_1$ e mi$_2$.

O violino tem a seguinte extensão:

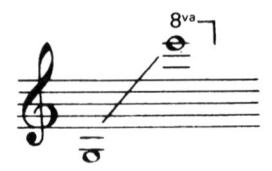

O som é usualmente produzido friccionando-se a corda com o *arco*, enquanto as alturas são obtidas premendo-se as cordas com os dedos da mão esquerda no *ponto*. Isto nos leva a uma importante lei física enunciada por Pitágoras, a qual é igualmente válida para outros membros da família do violino: *quanto menor for o comprimento de uma corda, mais elevada será a altura de seu som e vice-versa.* Quando o executante movimenta sua mão esquerda ao longo do ponto, ele está encurtando ou alongando o segmento vibratório da corda.

Nas partes para cordas, a ligadura de expressão nem sempre indica uma unidade de forma musical, senão que, com maior frequência, mostra o número de notas a serem tocadas numa só arcada. A direção da arcada é indicada, quando necessário, por dois sinais:

⊓ = arcada descendente; e   V = arcada ascendente

Recursos técnicos da família do violino

Os *harmônicos* em instrumentos de cordas podem ser obtidos de duas maneiras. O harmônico "natural" é realizado tocando-se levemente a corda solta em determinado lugar, em vez de a premer com firmeza contra o ponto. Por exemplo, tocando-a de leve no meio de qualquer corda e atacando-a cuidadosamente com o arco, a nota obtida será uma oitava acima da nota correspondente à corda solta. Quando a corda é tocada, produz-se um ventre ou antinodo e a corda vibra em segmentos iguais, em vez de vibrar como um todo. No ventre ou antinodo, que é o ponto de vibração mínima, reforça-se um harmônico (usualmente o primeiro, segundo ou terceiro acima do fundamental). O som resultante é claro, quase incolor quanto ao timbre. Quando é pedido, sua indicação nas partes se faz mediante o uso do sinal o acima da nota requerida (por exemplo, ♩̊).

Quando o ponteio normal é combinado com um leve toque, o som assim obtido chama-se *harmônico artificial.* A posição da corda levemente tocada é sempre uma quarta acima da nota firmemente ponteada. O resultado é um som que está duas oitavas acima da nota ponteada. A indicação do harmônico artificial é um losango, em vez de uma nota redonda.

Fig. 160

O *pizzicato* é obtido beliscando-se as cordas em vez de usar o arco. O *tremolo* (trêmulo, em italiano) é indicado colocando-se várias linhas transversais na haste de uma nota (por exemplo,), significando a execução de um movimento bastante rápido do arco na mesma nota.

Col legno (com a madeira, em italiano) indica que deve ser usada a madeira do arco, em vez das crinas. *Con sordino* (com surdina, em italiano) indica que deve ser usada a surdina, que é um pequeno grampo de três pontas colocado perto do cavalete para impedir a total ressonância no corpo do instrumento. A intensidade do som é, assim, "abafada".

Sul ponticello (no cavalete, em italiano) é uma instrução dada ao executante para passar o arco o mais perto possível do cavalete; o resultado é um tanto rascante, mas, em certos contextos, pode produzir um efeito algo misterioso.

Sul tasto (no ponto, em italiano) é exatamente o oposto de *sul ponticello*. O executante tem que tocar com o arco literalmente sobre o ponto, gerando um efeito especialmente suave e melodioso.

Embora os instrumentos de cordas sejam de caráter fundamentalmente melódico ou linear, é possível produzir neles tanto acordes, como notas isoladas, friccionando com o arco duas ou mais cordas ao mesmo tempo.

Eis um exemplo de uma típica parte de violino solo.

Fig. 161 Mendelssohn: Concerto para violino.

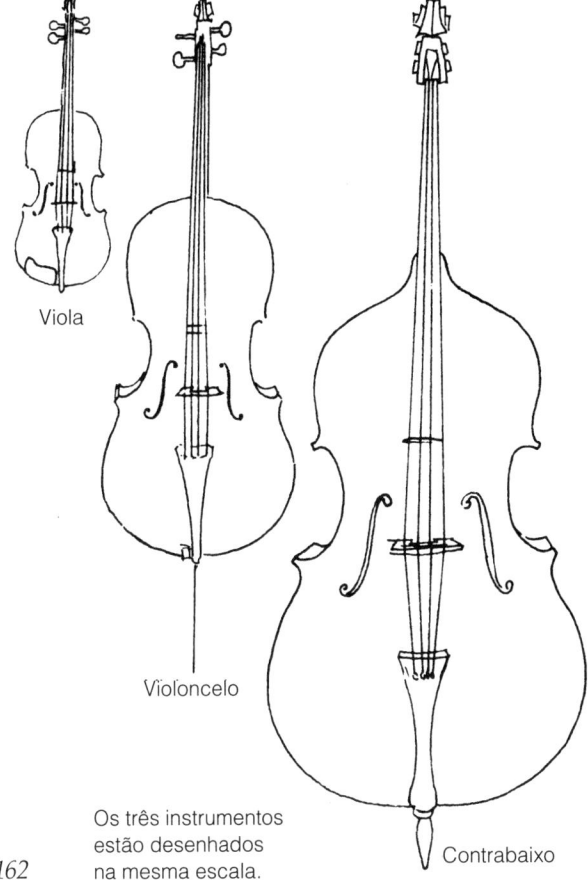

Fig. 162

Viola

Violoncelo

Contrabaixo

Os três instrumentos estão desenhados na mesma escala.

A *viola* é ligeiramente maior do que o violino e, em comparação com este, possui um tom um pouco velado.

Suas quatro cordas soltas são afinadas em dó sol ré$_1$ lá$_1$ e sua notação é usualmente escrita na clave de dó na 3.ª linha.

A extensão da viola é a seguinte:

Todos os recursos técnicos descritos para o violino são igualmente aplicáveis à viola, assim como ao violoncelo, que é o membro seguinte da família. Eis um fragmento de um dos temas para viola de *Haroldo na Itália*, de Berlioz.

Fig. 163

O violoncelo

O *violoncelo* ou, como também é chamado, *cello*, corresponde ao baixo da família do violino, e suas quatro cordas estão afinadas exatamente uma oitava abaixo das da viola: dó sol ré lá.

A extensão do violoncelo é a seguinte:

Fig. 164

O violino e a viola são segurados no ombro esquerdo do executante. O violoncelo, devido às suas dimensões, apoia-se no piso através de um espigão e é segurado entre as pernas de um executante sentado. Seu tom é muito quente e aveludado.

Fig. 165 Dvorak: Concerto para violoncelo.

O *contrabaixo é* o instrumento de voz mais grave e corpo mais volumoso de toda a família do violino. Também difere dos outros por ser afinado não em quintas justas, mas em quartas:

A extensão do contrabaixo é a seguinte:

Fig. 166 O som real é uma oitava abaixo.

Este instrumento razoavelmente pesado apoia-se num espigão metálico. Em virtude de seu tamanho, o executante tem que estar de pé para tocar, ou sentado num banco de altura especial.

O tom do contrabaixo é algo seco e áspero. Tecnicamente, é muito menos ágil do que os outros membros da família. Raramente são nele produzidos harmônicos artificiais, devido às dificuldades de dedilhado, e quase nunca são usados acordes, salvo alguns acordes de suas notas, por exemplo, lá-mi. Não é um instrumento verdadeiramente solista, sendo raras vezes usado como tal, mas é de grande importância na música orquestral, na medida em que proporciona um sólido suporte ao baixo.

Fig. 167 Schubert: Sinfonia n.º 8 em si menor, *Inacabada*.

Instrumentos de cordas picadas

A *harpa* é um dos mais antigos instrumentos que sobreviveram desde remotas eras. Tem uma série de cordas de vários comprimentos, as quais estão esticadas numa armação. Cada corda representa uma altura fixa. As cordas são postas em vibração beliscando-as com os dedos.

O registro da harpa tem a extensão de Dó bemol$_1$ a Sol bemol$_3$... Esse amplo espectro é escrito em dois pentagramas:

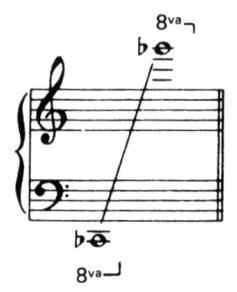

Fig. 168

A harpa moderna é afinada na escala diatônica de dó bemol. Sua especial peculiaridade técnica é que todas as alturas podem ser cromaticamente alteradas (por exemplo,

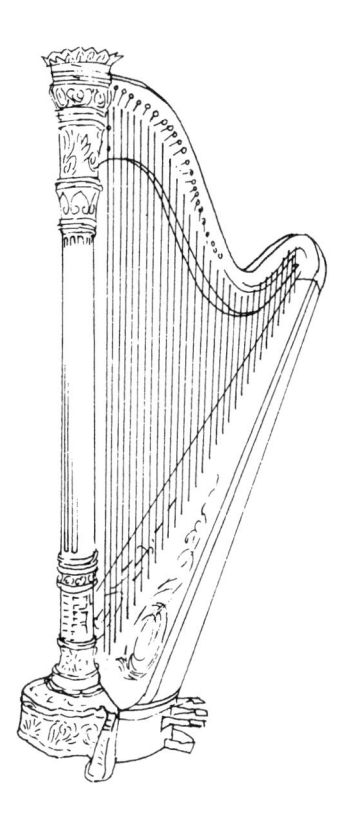

Fig. 169

de dó bemol para dó; de dó para dó sustenido) mediante o uso de sete pedais que o executante ajusta com seus pés. Os harmônicos na harpa são produzidos quando o executante coloca a palma de uma das mãos na parte central da corda e belisca a parte superior com a outra mão. O resultado é um som uma oitava acima da altura normal. Esses harmônicos produzem um efeito misterioso, sobrenatural.

Existem dois termos técnicos especiais que estão particularmente associados à harpa, assim como ao piano. São o *arpejo* (do italiano *arpeggio*) e o *glissando*.

Um *arpejo* é um acorde em que as notas são tocadas em sucessão, em vez de simultaneamente. É indicado pelo sinal ⦃ antes do acorde e é executado assim:

O *glissando* (do francês *glisser*=deslizar), quando se refere à harpa, significa a execução muito rápida de uma escala, realizada com as mãos deslizando para cima e para baixo nas cordas.

Reproduzimos em seguida alguns compassos da parte de harpa da Sonata para flauta, viola e harpa, de Debussy:

Fig. 170

O *cravo* é outro instrumento familiar de cordas picadas, o precursor do piano moderno.

O cravo é um instrumento de teclado em que as cordas são beliscadas por penas de ave ou por palhetas de couro duro. Isso é feito por um mecanismo que liga o teclado a um *saltarelo* ou *lamela*, que é uma pequena haste de madeira à qual a pena está fixada. Cada tecla tem seu saltarelo, o qual belisca a corda correspondente. O registro usual do cravo tem a extensão de cinco oitavas, a contar de $Fá_1$. Seu som é ligeiramente seco em comparação com o piano. Não obstante, é um excelente instrumento de acompanhamento, sendo tão bom, senão melhor, do que o piano para a execução da música contrapontística do período barroco, a

Fig. 171

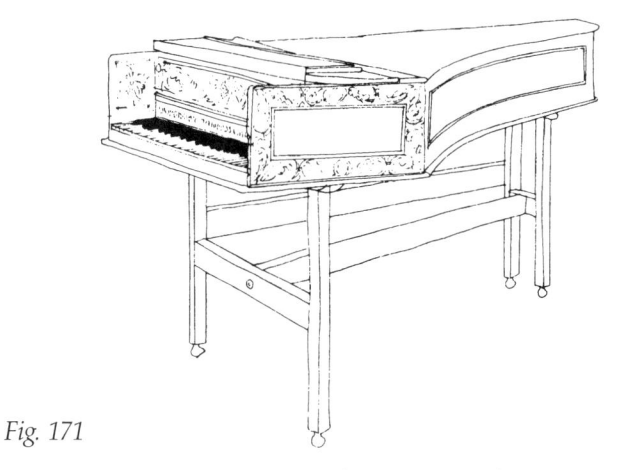

que ele pertence. Sua parte é escrita em dois pentagramas, como a da harpa e do piano.

Fig. 172 Bach: Variações "Goldberg" (BWV 988)

Instrumentos de cordas percutidas

O piano

O *piano* (mais propriamente *pianoforte)* é um instrumento de cordas em que estas não são friccionadas por um arco, nem dedilhadas, mas feridas por martelos revestidos de feltro. As cordas estão esticadas sobre uma tábua harmônica que serve para reforçar o som. As cordas são postas

Extensão de um piano de concerto moderno.

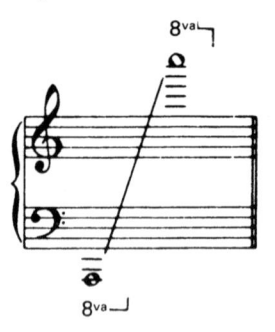

Fig. 173

Fig. 174

em movimento a partir do teclado graças a um mecanismo muito complexo, que se desenvolveu a partir do mecanismo mais simples do cravo. O grande avanço técnico do piano, em comparação com o cravo, é a possibilidade de aumentar ou diminuir a intensidade do som usando-se um toque mais pesado ou mais leve. Isso propicia ao pianista a oportunidade de produzir várias espécies de mudanças dinâmicas que inexistiam no cravo (daí seu nome: *pianoforte).* Assim, foi possível um contato "pessoal" mais estreito entre o executante e seu instrumento.

Importantes dispositivos mecânicos do piano são os abafadores e os pedais. Os *abafadores* são pequenas peças de madeira feltradas, as quais, no momento em que a tecla é solta, param automaticamene a vibração das cordas.

O piano possui dois pedais: o *pedal forte* e o *pedal de surdina* ou *pedal doce.* Ambos estão colocados sob o teclado, a fácil alcance dos pés do pianista. O pedal forte, quando calcado, ergue e afasta todos os abafadores das cordas, com o que as cordas continuam a vibrar depois de as teclas serem soltas. O pedal de surdina ou doce, quando calcado, desloca ligeiramente o teclado e os martelos, de modo que as cordas só são percutidas parcialmente. O efeito é um som mais macio e um pouco abafado.

A notação da música para piano, como a do cravo e da harpa é escrita em dois pentagramas.

Temperamento igual

Temos que falar agora de um assunto que se reveste de especial importância, tanto na afinação de instrumentos de teclado quanto por sua significação fundamental em nosso sistema musical em geral.

A verdade é que o nosso sistema musical está baseado num embuste acústico. Intervalos corretamente calculados, ou seja, intervalos derivados da quinta e da terça "naturais" produzem um perturbador fenômeno acústico: certas notas não se encontram enarmonicamente. Por exemplo, si sustenido resulta de uma altura *superior* à do dó natural. Para compensar essa discrepância intervalar decorrente do cálculo "natural", os construtores de instrumentos tiveram a ideia de alterar ligeiramente a altura de todos os intervalos, exceto a oitava. Isso resultou na divisão da oitava em 12 semitons *iguais* (por exemplo, si sustenido iguala o dó natural). Esse método simplificou a construção de instrumentos de teclado: em vez de uma tecla para si sustenido e outra para dó natural, por exemplo, uma passou a ser suficiente. Sobretudo, isso tornou possível um sistema tonal ricamente modulatório. O "círculo de quintas" que examinamos na Parte I baseia-se nesse cálculo.

Assim, os intervalos no sistema temperado, com a única exceção da oitava, são na realidade ligeiramente desafinados. É por isso que se chamou o afinador de pianos de "aquele homem que é pago para desafinar pianos". Por conveniência musical, procedeu-se a um compromisso entre ciência e arte.

Uma defesa triunfante do sistema temperado foi realizada por Bach que, em sua coleção de 48 prelúdios e fugas com o título de *O cravo bem temperado,* forneceu um prelúdio e uma fuga para cada um dos tons, maiores e menores. Nos instrumentos de teclado mais antigos, tocar em tons "remotos" deve ter sido deveras espinhoso. Contudo, o novo sistema só viria a ser geralmente adotado na Europa no século XIX.

Instrumentos de sopro

Estivemos falando até agora de instrumentos em que o som é produzido pela vibração de cordas, sejam elas friccionadas por um arco, beliscadas, ou percutidas. Neste item trataremos de instrumentos em que o som é produzido pela vibração do ar num tubo.

A vibração do ar é provocada ou diretamente pelo instrumentista, ou indiretamente por foles (como no órgão). A altura do som produzido depende do comprimento do tubo: *quanto mais curto for o tubo, mais elevada será a altura do som.*

Os instrumentos de sopro são usualmente divididos em duas classes principais: as *madeiras* e os *metais*. Essa distinção é um tanto enganosa, pois um moderno instrumento de sopro de "madeira" não é necessariamente feito de madeira. Portanto, a distinção refere-se menos ao material de que são feitos os instrumentos do que ao modo como eles produzem som, bem como à sua sonoridade.

Instrumentos de sopro (madeiras)

Flauta

A flauta moderna é construída no formato de um tubo cilíndrico, em geral de prata, com uma "cabeça" (ou "bocal") parabólica numa extremidade. Ela é segurada em posição horizontal.

O registro da flauta é:

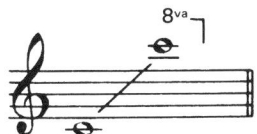

Fig. 173

Na extremidade da cabeça existe um orifício, através do qual o flautista sopra ar para dentro do tubo. Os sons requeridos são controlados tapando-se e destapando-se os furos no corpo da flauta. Ao fazer isso, o flautista encurta ou alonga o comprimento vibratório do tubo, produzindo assim diferentes alturas. Colunas curtas de ar produzem notas altas e colunas longas notas baixas. É um instrumento extremamente ágil, com um som rico e puro.

O *flautim* ou *piccolo* tem aproximadamente metade do comprimento de uma flauta e soa uma oitava acima dessa. Tem um som muito brilhante. Para evitar linhas suplementares, sua notação é escrita uma oitava abaixo de seu som real.

Eis duas melodias populares para a flauta e o *piccolo*.

(a) Debussy: *Prélude à l'après-midi d'un faune.*

Fig. 176 (b) Rossini: Abertura da ópera *Semiramide.*

Instrumentos de palheta

Vários instrumentos musicais usam um "agente gerador de som" feito de uma pequena e delgada lâmina de cana, conhecida pelo nome de *palheta*. Esta é presa numa

Instrumentos e vozes **159**

extremidade ao bocal (ou tudel) do instrumento, enquanto a outra extremidade vibra livremente quando o ar penetra no tubo, fazendo vibrar a coluna de ar dentro do tubo. Alguns desses instrumentos têm duas palhetas que vibram uma contra a outra. Assim, distinguimos entre instrumentos de palheta simples (como a clarineta e o saxofone) e instrumentos de palheta dupla (como o oboé e o fagote). Com exceção da flauta, todos os instrumentos de sopro da orquestra são de palheta.

Oboé

O oboé é um instrumento de palheta dupla feito de madeira, no formato de um tubo cônico. O som do oboé é um tanto anasalado, o que lhe confere um caráter algo pastoril.

Sua extensão é:

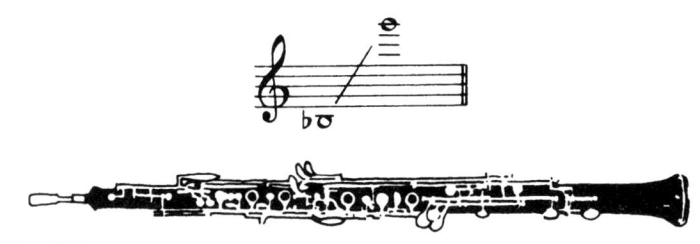

Fig. 177

Eis uma conhecida melodia da Sinfonia em fá menor de Tchaikovsky, na qual o oboé solista exibe seu som plangente:

Fig. 178

Instrumentos transpositores

Antes de prosseguirmos, cumpre tratar de um importante problema técnico: o dos instrumentos transpositores. Já nos deparamos com o fato de que alguns instrumentos soam uma oitava acima ou abaixo daquela em que suas partes estão escritas (por exemplo, o *piccolo* e o contrabaixo). Mas isso não acarreta dificuldades especiais porque nesses casos a *tonalidade* não muda. Há, porém, certo número de instrumentos de sopro para os quais não só a altura, mas também a tonalidade e, portanto, a notação da parte, são alterados. Isso é feito por razões práticas e para maior comodidade do instrumentista. Verificou-se que, ao construir alguns instrumentos de sopro (por exemplo, clarineta, trompa, trompete), há certos tamanhos que dão os melhores resultados em termos de sonoridade e timbre, além de tornar as coisas mais fáceis para o executante. Por exemplo, os tons mais convenientes para a clarineta são si bemol e lá; assim, as clarinetas são usualmente construídas numa dessas tonalidades. Ambas requerem a mesma técnica de dedilhado, o que significa que um clarinetista é capaz de tocar ambas as clarinetas com igual facilidade.

Chegamos agora ao problema da transposição: a notação das partes para esses instrumentos é numa *altura* diferente do *som* real que eles produzem. O executante lê sua música na tonalidade que é mais cômoda para ele e para seu instrumento, independentemente da tonalidade da composição, mas o som resulta automaticamente na altura correta por meio de transposição. Por exemplo, uma escala em si bemol maior, tocada numa clarineta em si bemol, é *escrita* em dó maior, mas *soa* em si bemol, um tom abaixo da notação. Isso é muitíssimo útil numa composição em que a armadura da clave contém muitos sustenidos ou bemóis. O executante de um instrumento transpositor tem um *menor número* de acidentes em sua parte. Para ele não existe problema de transposição: toca simplesmente o que está escrito. A dificuldade só surge para o regente ou outro leitor da partitura. Ele tem que saber e recordar quais instrumentos devem ser transpostos e em quanto, a fim de tocar a música no piano e/ou ouvir mentalmente a altura real dos instrumentos. Isso nada tem de fácil e envolve uma longa e árdua prática. Talvez ajude o leitor ter presente que, assim como no piano o tom mais simples é dó maior (porque não tem acidentes), também num instrumento transpositor o tom mais simples é sempre aquele em que ele é afinado. Portanto, para se saber, por exemplo, em quanto um trompete em mi bemol tem que ser transposto, deve-se descobrir simplesmente a diferença entre mi bemol e dó, e a resposta é uma terça menor. Por esse método, até a transposição de um raro instrumento transpositor sempre pode ser calculada. Pode-se encontrar uma altura uma oitava acima do necessário mas, pelo menos, a tonalidade estará certa e a experiência não tardará em eliminar essa inexatidão.

Corne inglês

O *corne inglês* é, na realidade, um oboé contralto, sendo afinado uma quinta abaixo do oboé comum. É nosso primeiro instrumento transpositor. Sua parte é escrita uma quinta acima do seu som real, conforme se mostra na Fig. 179.

Fig. 179

Tal como o oboé, o corne inglês é um instrumento de palheta dupla, com um pavilhão dilatado em forma de pera. Seu som é mais cheio do que o do oboé, exprimindo um caráter algo melancólico, se não trágico.

Fig. 180 Dvorak: Sinfonia n.º 9 em mi menor, Op. 95, *Novo Mundo*.

Clarinete

O *clarinete* (ou *clarineta*), ao contrário dos instrumentos da família do oboé, é um instrumento de *palheta simples*, feito de madeira ou de ebonite. Seu tubo é cilíndrico. Tecnicamente, é um dos mais ágeis instrumentos de sopro, possuindo uma vasta extensão, na qual podem ser executados com muita eficiência arpejos, passagens rápidas, mudanças dinâmicas etc.

Fig. 181

O clarinete é um instrumento transpositor. Hoje em dia, os clarinetes mais comumente usados são em si bemol e em lá. A notação do clarinete em si bemol é um tom acima do seu som real, e a do clarinete em lá, uma terça menor acima. O registro desses dois clarinetes é:

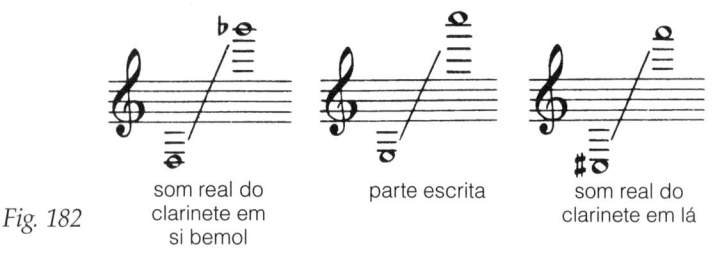

Fig. 182 — som real do clarinete em si bemol — parte escrita — som real do clarinete em lá

A sonoridade do clarinete é rica em variedade. Um dos seus timbres mais característicos é o chamado registro *chalumeau* (do nome de um instrumento medieval de sopro), que corresponde à sua oitava mais baixa. As notas tocadas nessa oitava têm uma sonoridade peculiarmente sombria. Os registros superiores são claros e muito expressivos – o clarinete costuma ser chamado de o violino das madeiras.

Fig. 183 Brahms: Quinteto para clarinete em si menor.

O *clarinete baixo* tem um som bastante quente, é afinado em si bemol e soa uma nona maior abaixo de sua notação escrita.

Fagote

O *fagote* é um instrumento de palheta dupla com um tubo cônico. O tubo é bastante extenso e para que seu manuseio seja mais fácil pode ser desmontado em dois.

A extensão do fagote é a seguinte:

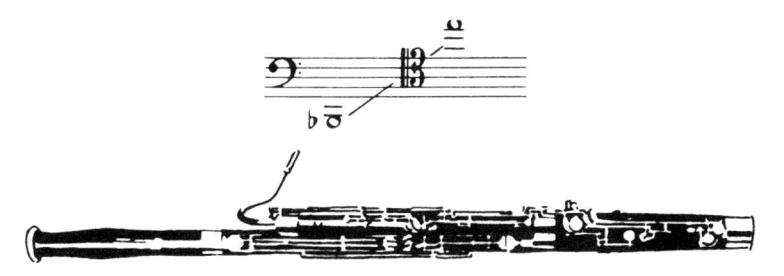

Fig. 184

O fagote é o violoncelo da família das madeiras, com uma sonoridade rica e profunda, especialmente em seu registro mais baixo.

Uma de suas características muito exploradas é a sua sonoridade indubitavelmente humorística, quando usado de certas maneiras. Poderia ser quase chamado de palhaço da orquestra; mas, como todos os verdadeiros palhaços, pode ser às vezes mais triste do que qualquer outro instrumento. É um instrumento não transpositor (isto é, soa como está escrito). Assinale-se, porém, que as oitavas inferiores são escritas na clave de fá e as superiores na clave de dó na 4.ª linha.

O *contrafagote,* que é a madeira equivalente ao contrabaixo, soa uma oitava abaixo da sua parte escrita.

Fig. 185 Tchaikovsky: *Sinfonia Patética.*

Instrumentos de sopro (metais)

Trompa

A *trompa* é um instrumento de metal com um longo tubo cônico enrolado que termina num pavilhão (ou campana) em forma de sino. O bocal é afunilado. A peculiaridade técnica da trompa, e dos instrumentos de metal em geral, consiste em que a produção do som é controlada pelos lábios do instrumentista, que servem como uma palheta dupla quando ele os pressiona contra o bocal.

Originalmente, o trompista só era capaz de produzir um número limitado de notas, variando simplesmente a pressão dos lábios e o ritmo respiratório. Mas com a engenhosa invenção do mecanismo de válvulas (ou pistões), no século XIX, essa limitação acabou. O comprimento da coluna de ar na trompa é agora variável, graças ao uso de válvulas, um mecanismo pelo qual o instrumentista fecha ou abre a circulação de ar nos segmentos adicionais de tubo inseridos entre o bocal e o pavilhão (as chamadas *roscas*). As trompas têm usualmente três pistões – controlando três roscas adicionais de diferentes comprimentos –, que habilitam o executante a produzir uma escala cromática quase completa.

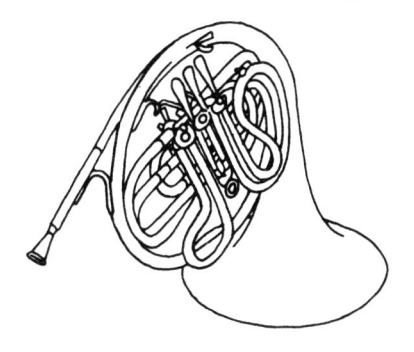

Fig. 186

A trompa é um instrumento transpositor, hoje normalmente afinado em fá. Isso significa que o som real é uma quinta abaixo de sua notação, a qual é escrita nas claves de fá e de sol. Sua extensão é:

parte escrita   som real

Fig. 187

e os sons reais são uma quinta abaixo. Quando afinada em dó, a trompa soa uma *oitava* abaixo.

Mediante o emprego de vários artifícios técnicos – como os "sons fechados", a "surdina" e o chamado *cuivré* – podem-se produzir efeitos sonoros especiais na trompa. O *som fechado* é usualmente indicado pelo sinal + colocado sobre a nota, sendo obtido com a inserção da mão no pavilhão. O tubo é assim encurtado e o som eleva-se de um semitom, adquirindo uma sonoridade algo abafada. Já nos referimos à *surdina,* ao tratarmos dos instrumentos de cordas. No caso da trompa, o efeito é semelhante: um som velado. Uma trompa é tocada em surdina colocando-se um objeto em forma de pera, feito de madeira, no interior do pavilhão. *Cuivré* é a indicação para um som áspero, "gritante", produzido por uma tensão extra dos lábios do instrumentista, não só quando a trompa está aberta, mas também quando está com a surdina ou "fechada".

O som da trompa é muito expressivo. Ela é capaz de sons delicados, mas também pode produzir efeitos muito ásperos. Eis um notável exemplo, escrito para quatro trompas. (Lembre-se de transpor para uma quinta abaixo.)

Fig. 188 Richard Strauss: *Dom Juan.*

Trompete

Pode-se pensar no *trompete* como o "soprano" dos metais. Ao contrário da trompa, seu tubo é cilíndrico, com exceção do último quarto, e tem uma embocadura em forma de taça. A história do desenvolvimento técnico do trompete é muito semelhante à da trompa. Originalmente, sua produção de som estava limitada à série de harmônicos de sua nota fundamental; todavia, com a adoção do mecanismo de válvulas tornou-se um instrumento cromático. O trompete tem três válvulas (ou pistões).

O trompete é usualmente afinado em dó, si bemol ou lá. Quando em dó, não há necessidade de transposição; contudo, no caso dos trompetes em si bemol e em lá, a transposição é idêntica à dos clarinetes. Sua extensão é:

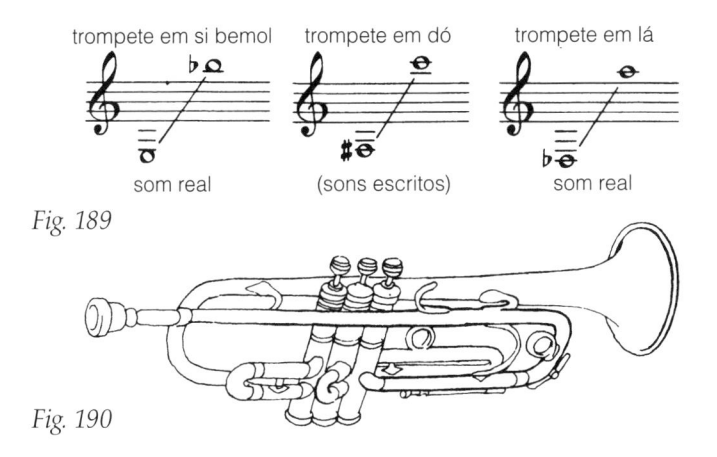

Fig. 189

Fig. 190

O trompete possui uma voz muito penetrante, que pode descambar facilmente para a vulgaridade. Tecnicamente, exceto no caso de passagens muito rápidas em que ocorrem, é claro, problemas de respiração, é um instrumento ágil.

Fig. 191 Beethoven: Abertura de *Leonora*.

Os trombones

O *trombone* ocupa um lugar único entre os instrumentos orquestrais, uma vez que surgiu em seu atual formato já no século XV, quando era conhecido como *sacabuxa*. Desde esse recuado tempo, nenhuma alteração técnica importante foi necessária. Tem corpo cilíndrico que termina em pavilhão na forma de sino. Seu bocal é em forma de taça. As notas requeridas são produzidas pelo movimento de vaivém da *vara*. A vara é, na realidade, a segunda parte do instrumento, que é introduzida na primeira parte à vontade do executante, assim aumentando ou encurtando o tubo. O método de execução é, pois, comparável ao do violino: em ambos os casos, o instrumentista tem que "pressentir" o lugar certo das notas.

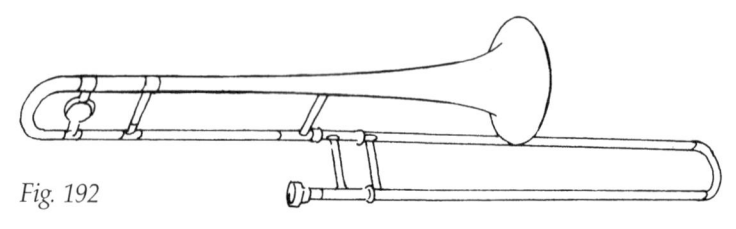

Fig. 192

Os trombones mais comumente usados são o tenor e o baixo. São instrumentos não transpositores, sendo o trombone tenor afinado em si bemol e o trombone baixo em sol. Seus registros são:

trombone tenor   trombone baixo

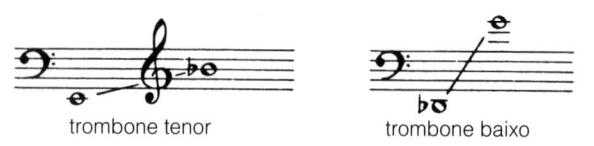

Fig. 193

O som do trombone é poderoso e um pouco semelhante ao do trompete, a partir do qual se desenvolveu, se bem que, é claro, o trombone baixo seja muito mais forte e mais cheio em seu registro inferior. Raramente são escritas partes solo para trombones; eles apresentam-se habitualmente num pequeno grupo. Sua notação é, em geral, na clave de fá.

Fig. 194 Wagner: Abertura de *Tannhäuser.*

Tuba

Entre os metais, a *tuba* é o instrumento que possui a voz mais baixa. Combina o tubo cônico e os pistões da trompa com o bocal em forma de taça do trompete e do trombone. Tem quatro ou cinco pistões, o que lhe permite produzir uma escala cromática completa. A tuba usada com maior frequência é a tuba baixo. É um instrumento não transpositor.

Sua extensão é:

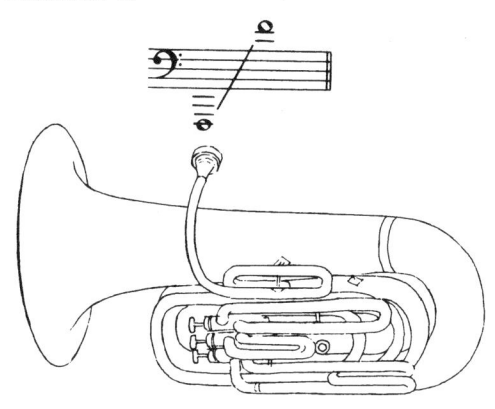

Fig. 195

A tuba raramente é usada como instrumento solista; em geral, é ouvida em combinação com outros instrumentos, a fim de reforçar a linha do baixo.

Fig. 196 Mussorgsky-Ravel: *Quadros de uma exposição.*

Instrumentos de percussão

Golpear e sacudir vários materiais a fim de criar uma espécie de som rítmico é provavelmente o modo mais antigo e espontâneo de fazer música instrumental. O termo "percussão" refere-se a todos os instrumentos que produzem som ao serem ou diretamente golpeados, ou sacudidos pelo executante. Dessa família muito numerosa, os instrumentos mais conhecidos e comumente usados são: os tímpanos, a caixa clara, o bombo, os pratos, o triângulo e o tamborim. Os instrumentos de percussão podem ser divididos em duas categorias: os que produzem uma nota de uma altura definida e os que não a produzem.

Tímpanos

Os tímpanos (ou timbales) são instrumentos de percussão de altura definida, consistindo numa "bacia" semi-esférica, usualmente de cobre, em cuja abertura é esticada uma membrana de pele de bezerro. A membrana é fixada por um aro metálico, ajustável por meio de parafusos. O executante pode modificar a tensão da membrana e, portanto, sua altura, apertando ou afrouxando esses parafusos. Nos tímpanos modernos, a mudança de altura pode ser feita mediante pedais, o que também torna possível os glissandos. O som é produzido ao percutir a membrana com um par de baquetas, que têm cabos de madeira e cabeças revestidas de feltro.

Raras vezes os tímpanos são usados sozinhos; há em geral dois ou mais na orquestra, um menor para as notas mais altas do baixo, outro maior para as notas mais baixas.

A extensão de um par de tímpanos é:

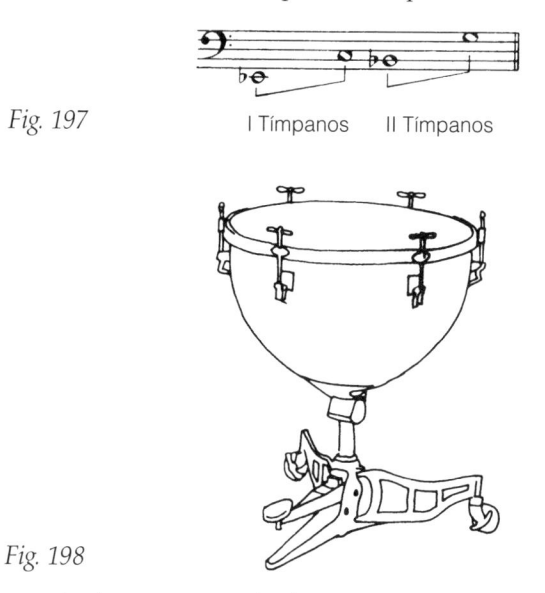

Fig. 197

I Tímpanos   II Tímpanos

Fig. 198

A altura requerida é escrita na clave de fá. Um conhecido efeito produzido nos tímpanos é o "rufo" ou *tremolo,* que consiste simplesmente numa rápida reiteração da mesma nota. Isso é indicado pelo sinal tr ᴡᴡᴡᴡ colocado sobre as notas.

Bombo

O bombo é um grande tambor de som grave indefinido. O som é produzido percutindo-se a membrana esticada com baquetas grossas e curtas, cuja cabeça é almofadada. Sua parte, que se restringe à notação do ritmo requerido, é escrita na clave de fá na nota dó.

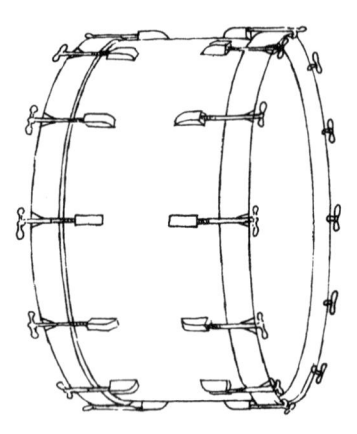

Fig. 199

Caixa clara

A caixa clara é um pequeno tambor de altura indefinida, com duas membranas fortemente esticadas sobre uma estrutura metálica. A membrana inferior é munida de cordas de tripa em sua face externa, as quais vibram contra ela e dão brilho a seu característico som de rufo. O executante golpeia a membrana superior com duas baquetas de madeira muito dura.

Fig. 200

A caixa clara permite um rufo extremamente rápido graças à tensão da membrana, que faz as baquetas quicarem. A parte da caixa clara, puramente rítmica, é escrita na clave de sol, na nota dó.

Tamborim

O tamborim é um pequeno tambor com uma só membrana e pequenas chapas metálicas soltas inseridas em toda a volta da armação.

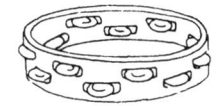

Fig. 201

O executante bate ou agita o tamborim com a mão. Em ambos os casos, as chapas de metal produzem um efeito de retinido. Sua parte é escrita na clave de sol na linha de sol, ou é indicada numa única linha, assim:

Fig. 202

Pratos

Os pratos (ou címbalos) são, talvez, os mais "barulhentos" de todos os instrumentos de percussão. Consistem em duas chapas de metal, circulares e ligeiramente côncavas. No centro de cada chapa há uma alça de couro.

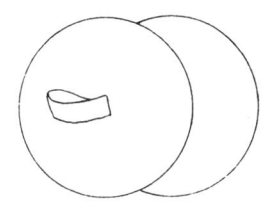

Fig. 203

174 *Introdução à música*

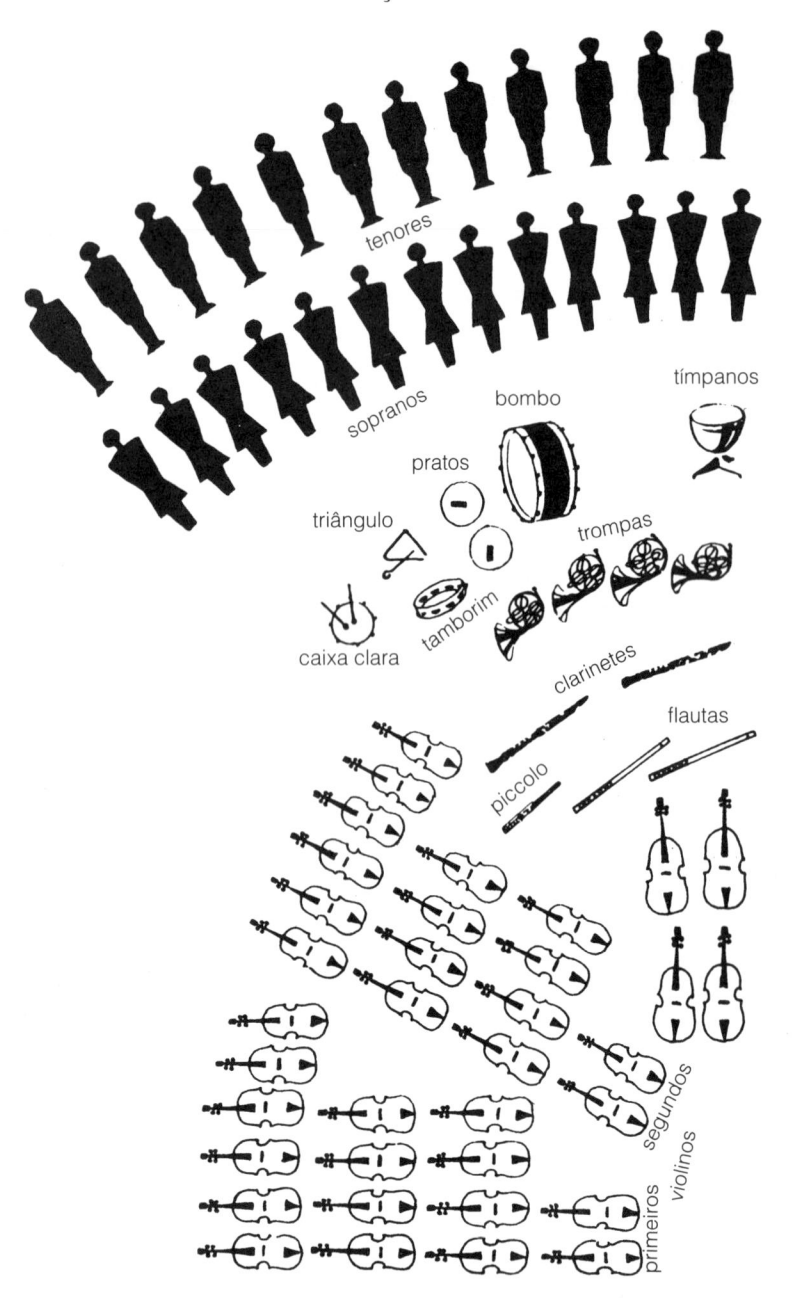

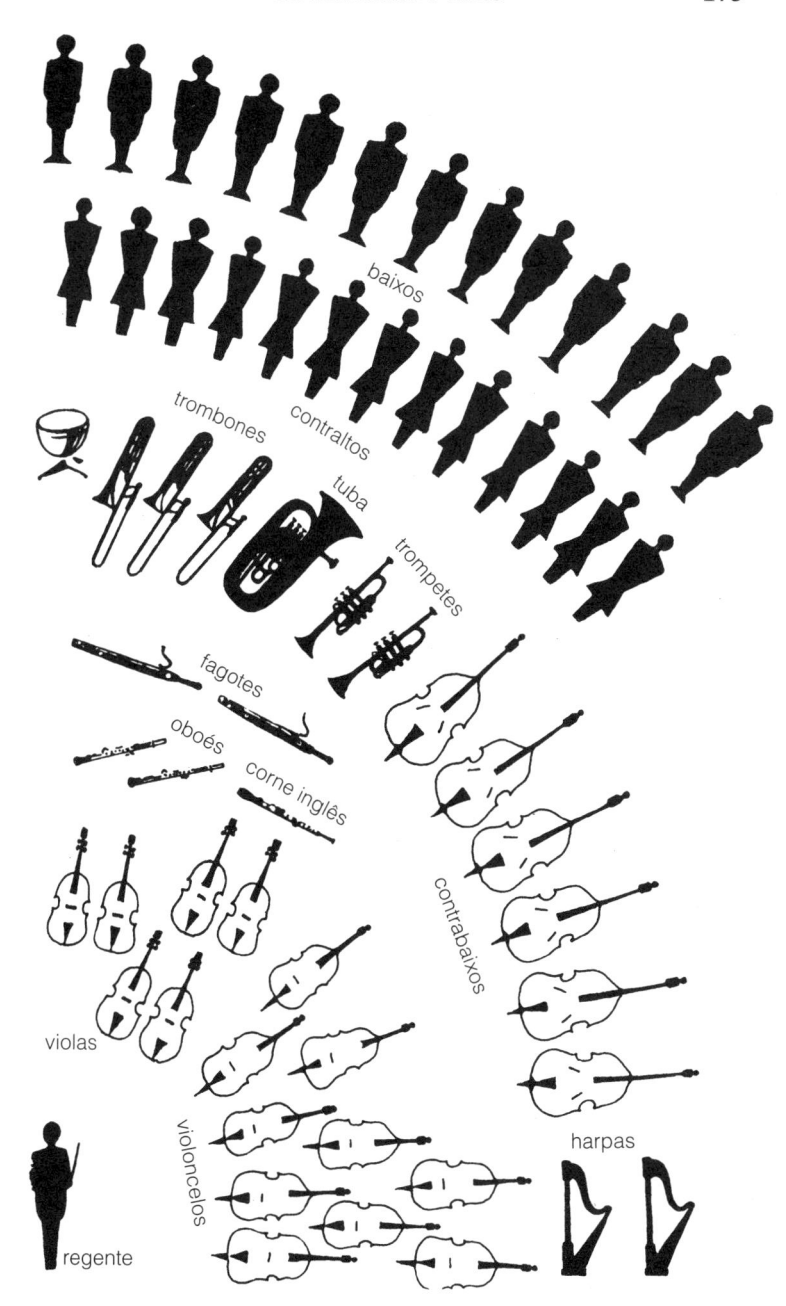

Instrumentos e vozes 175

baixos
contraltos
trombones
tuba
trompetes
fagotes
oboés
corne inglês
contrabaixos
violas
violoncelos
harpas
regente

O som, de altura indefinida, é usualmente produzido batendo-se um prato contra o outro. Mas, por vezes, faz-se soar apenas um prato, percutindo-o com uma ou duas baquetas. Sua parte é normalmente escrita na clave de fá. Há dois termos técnicos relativos aos pratos a serem lembrados: *laisser vibrer*, indicando que os pratos devem ficar vibrando até que o som se extinga; e *sec*, que significa que o som tem de ser cortado, abafando-se-o.

Triângulo

O triângulo, como seu nome sugere, é uma vareta cilíndrica de aço dobrada em forma triangular. O som é produzido percutindo-se o instrumento com uma baqueta também de aço.

Fig. 204

O som, de altura indefinida, é extremamente claro, tão claro, de fato, que pode ser ouvido mesmo com uma grande orquestra tocando *efes* (ff). Sua parte ou é escrita na clave de sol, ou numa única linha, como no caso do tamborim.

Os leitores que estiverem interessados no desenvolvimento histórico dos instrumentos e desejem saber mais a respeito de outros instrumentos (especialmente de percussão) que são usados, às vezes, na orquestra moderna, podem dar continuidade a esse tema nos livros que sugerimos a seguir. Para completar esta parte, há um diagrama nas p. 174-5 mostrando a disposição mais costumeira do coro e da orquestra sinfônica completos.

Instrumentos e vozes **177**

Note-se que a disposição de uma orquestra muda frequentemente de acordo com o desejo do regente. A que apresentamos aqui é a mais comum.

As quantidades de instrumentos numa orquestra variam muito. Todavia, uma orquestra sinfônica completa tem cerca de 30 violinos, os quais estão divididos em dois grupos (primeiros e segundos violinos), cerca de dez violas, dez violoncelos e quatro a oito contrabaixos. As madeiras estão quase sempre em pares, assim: duas flautas (com um *piccolo),* dois oboés (com um corne inglês), dois clarinetes e dois fagotes. Os metais consistem normalmente em dois trompetes, duas a quatro trompas, três trombones e uma tuba. Adicionam-se a esses os instrumentos de percussão que forem requeridos.

SUGESTÕES PARA LEITURAS COMPLEMENTARES

Baines, A. (coord.), *Musical Instruments Throught the Ages,* Penguin Books
Berlioz-Strauss, *Treatise on Instrumentation,* Kalmus
Carse, A., *The History of Orchestration,* Dover
Donington, R., *The Instruments of Music,* Methuen (University Paperbacks)
Forsyth, C, *Orchestration,* Macmillan
Howes, F., *Guide to Orchestral Music,* Fontana
Jacob, G., *Orchestral Technique,* Oxford University Press; *The Elements of Orchestration,* Herbert Jenkins
Marcuse, S., *Musical Instruments: A Comprehensive Dictionary,* Country Life
Palmer, K., *Teach Yourself Orchestration,* English Universities Press
Parrot, L, *Method in Orchestration,* Dobson
Piston, W., *Orchestration,* Norton
Sachs, C, *The History of Musical Instruments,* Norton
Wagner, J., *Orchestration (A Practical Handbook),* McGraw-Hill

Parte V

Partituras e leitura de partitura

the second time by

the third time

> A música, qualquer que seja o som e a estrutura que adote, continuará sendo um ruído sem significado se não sensibilizar um espírito receptor.
>
> Hindemith

O termo "partitura" refere-se geralmente à apresentação escrita da música tocada por um conjunto (vocal, orquestral ou de câmara), disposta de tal maneira que seu leitor possa ver todas as partes e, portanto, toda a música, em contraste com o executante que se preocupa fundamentalmente com a sua própria parte. Como simples ilustração disso, reproduzimos os primeiros cinco compassos de cada uma das partes do Trio para cordas em mi bemol, K. 563, de Mozart:

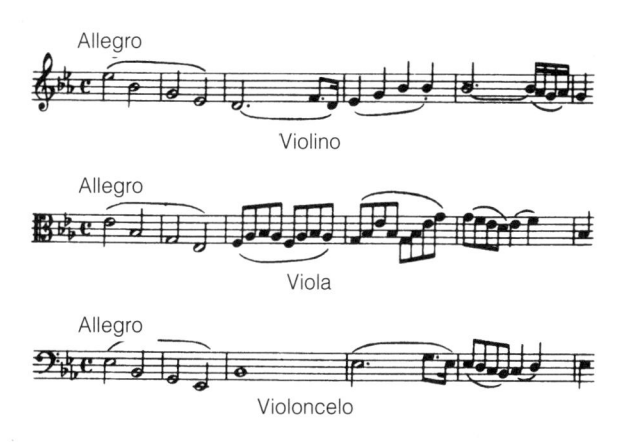

Fig. 206

Na partitura, as partes estão colocadas umas sob as outras em diferentes pautas, habilitando assim o leitor a acompanhar toda a música. Eis agora como se apresenta a partitura desse mesmo Trio.

Fig. 207

O mesmo princípio é válido para todas as espécies de partituras, grandes e pequenas.

Como é, pois, que se *lê* uma partitura? Em primeiro lugar, devemos fazer uma clara distinção entre a *leitura* e a *execução* de uma partitura. Ler uma partitura é ser capaz de obter a ideia essencial da música escrita para um conjunto, ou seja, *ouvir a música mentalmente*. A execução da partitura implica, além disso, a aptidão para reproduzi-la ao piano. Isso requer considerável desenvoltura técnica, a qual nem todos os músicos possuem, e a aquisição da mesma arrefeceria o entusiasmo de alguém que não sabe tocar piano. Portanto, neste capítulo, consideraremos mais a *leitura* da partitura do que a sua *execução*.

Leitura de partitura

O mais importante requisito, ao abordar-se uma partitura, é uma imaginação auditiva conscientemente desenvolvida, que pode ser adquirida por qualquer pessoa que não seja insensível à música. Admitimos que essa aquisição

Partituras e leitura de partitura **183**

não é fácil nem será simplesmente conseguida através da leitura de livros. A habilidade para ler uma partitura deve ser o resultado de uma longa prática e de uma ativa experiência musical. Mas o prazer de apreender inteligentemente o que sucede numa partitura é tão gratificante, que qualquer esforço feito nessa direção é sobremaneira compensador.

Talvez seja desnecessário enfatizar que o processo de leitura de partitura não é como ler um romance ou um conto. Se é que se pode comparar os dois gêneros de leitura, diríamos que se assemelha mais, possivelmente, à leitura de uma peça teatral em versos, prestando-se a maior atenção a todas as indicações de cena. Quem já viu e ouviu uma peça pode automaticamente recordar, quando a lê, a ação, os cenários, as cores das roupas etc., com a mesma nitidez como se estivesse vendo a peça no palco. Algo semelhante acontece com um leitor experiente de partituras.

É muito importante um sólido conhecimento de música e a familiaridade com sua técnica geral. Quanto mais familiarizado se estiver com o estilo, o idioma e a técnica de vários compositores, mais fácil é *recordar* mentalmente a música diante da partitura. De fato, mais de metade do "mistério" da leitura de uma partitura consiste apenas em possuir uma *imaginação auditiva* e uma *memória musical* bem desenvolvidas, o que não significa apenas recordar melodias, mas também recordar e ouvir mentalmente vários acordes, timbres e intensidades. Alguém que seja um apaixonado da Quinta Sinfonia de Beethoven e esteja, é claro, capacitado a ler música, ao ver este exemplo

Fig. 208

reconhecerá o motivo característico do primeiro movimento e também *ouvirá* (ou recordará) mentalmente seu efeito orquestral. Com essa aptidão elementar, a esperança de se chegar à leitura de uma partitura é bem fundada.

Abordagens horizontal e vertical

O reconhecimento das principais melodias ou, em outras palavras, a *abordagem linear* de uma partitura, é bastante fácil de alcançar e pode propiciar ao candidato a leitor de partituras sua primeira satisfação. Se o leitor foi capaz de seguir os exemplos apresentados neste livro, encontrará poucas dificuldades para reconhecer a melodia numa partitura "clássica". Muitas vezes, poderá ver logo que instrumentos executam a melodia principal: as cordas, sendo a espinha dorsal da orquestra, certamente a tocarão mais cedo ou mais tarde (ela é frequentemente tocada primeiro pelos violinos), e pode ser identificada nos outros instrumentos, à medida que aparecer.

O reconhecimento de motivos, melodias e várias figuras melódicas e rítmicas é, evidentemente, muito importante; mas também é importante reconhecer e ouvir a harmonia. Vejamos dois exemplos, um instrumental e um vocal, e examinemos as funções harmônicas dos acordes. Primeiro, o início do Quarteto em dó maior, Op. 76, n.º 3, de Haydn:

Fig. 209

O segundo exemplo é o famoso coro do *Messias* de Haendel.

Fig. 210

Resumindo os pontos até aqui expostos, podemos dizer que os requisitos necessários para a leitura de partituras são: um profundo conhecimento teórico; um ouvido treinado que habilite a pessoa a ouvir mentalmente a música escrita; a familiaridade com o idioma geral de um compositor e de seu período.

Neste ponto, alguém pode perguntar: "Mas e a leitura de uma partitura que a pessoa desconhece por completo?". A resposta é simples: nesse caso, ela terá que estudar a partitura compasso por compasso, com redobrada atenção, e ler cada parte separadamente até que surja a imagem auditiva.

Até agora, nossos exemplos de partituras têm sido comparativamente simples, baseados na combinação de três ou quatro partes. Veremos agora como o mesmo princípio funciona em escala mais vasta, como numa partitura orquestral que abarca um grande corpo de instrumentos.

Um conjunto orquestral familiar é a orquestra de cordas, na qual os instrumentos são: primeiros violinos, segundos violinos, violas, violoncelos e contrabaixos. A título de exemplo, eis os quatro compassos iniciais da serenata *Eine kleine Nachtmusik (Um pequeno serão musical),* de Mozart.

Fig. 211

Partituras e leitura de partitura **187**

Esse tema inicial à maneira de fanfarra não apresenta qualquer problema: a única coisa a recordar é que o contrabaixo soa uma oitava abaixo da sua parte escrita. Os leitores verificarão que a parte do contrabaixo é muitas vezes escrita na pauta do violoncelo por razões de espaço. Isso é sempre indicado no começo da partitura, da seguinte maneira: *Violoncello e Contrabasso.*

Vimos na Parte IV que os instrumentos são agrupados em quatro categorias básicas e que, numa orquestra, todos eles têm seu lugar próprio e sua função característica. Obviamente, isso tem que ser indicado com clareza numa partitura. A ordem consagrada dos vários instrumentos numa partitura, começando de cima, é: madeiras, metais, percussão, cordas.

Como exemplo de partitura orquestral, eis os compassos iniciais da *Sinfonia Júpiter,* de Mozart.

Fig. 212

É fácil captar aí a melodia principal, uma vez que a maioria dos instrumentos está tocando em uníssono nos primeiros dois compassos. Depois, os primeiros violinos assumem claramente o papel principal.

Vejamos agora alguns compassos do movimento lento dessa sinfonia e tentemos descobrir o que está acontecendo, dos pontos de vista melódico e harmônico.

Fig. 213

O movimento é em *fá maior* e o compasso é $\frac{3}{4}$. A indicação de andamento é *Andante cantabile*. Há *trompas em fá*, que precisam ser transpostas para uma *quinta abaixo* de suas partes escritas, e também temos de lembrar que o contrabaixo soa uma *oitava abaixo* do que está escrito. As cordas estão *em surdina*. A melodia inicial é tocada *piano* pelos primeiros violinos; no terceiro tempo do compasso, entra o resto das cordas, proporcionando suporte harmônico à melodia (tônica, dominante); no segundo tempo do segundo compasso, os instrumentos de sopro reforçam a cor e o peso do *forte*. O acorde aqui é V^7c, em fá maior. No terceiro compasso, os primeiros violinos voltam a liderar a melodia, desta vez começando um tom acima, e no terceiro tempo do compasso o resto das cordas entra de novo, mas agora com uma nova harmonia (V^7d – Ib). Tal como no segundo compasso, o *forte* no quarto compasso é tocado pela orquestra inteira. O acorde aqui é Ib.

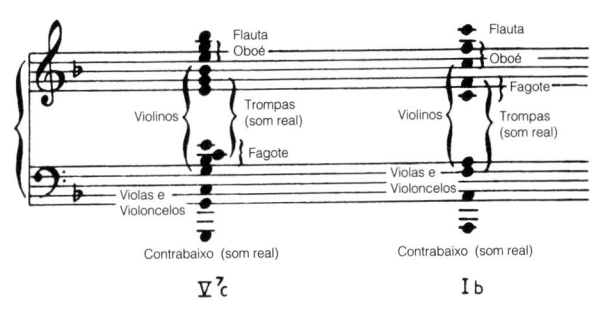

Fig. 214

Se examinarmos os dois acordes tocados pela orquestra inteira como estariam escritos na pauta do piano, conforme o exemplo acima, notaremos três coisas: (1) a extensão do arranjo instrumental é bastante espaçada ao longo do teclado; (2) os vários instrumentos, especialmente os de sopro, estão combinados numa unidade homogênea e equilibrada; (3) as várias notas do acorde básico são multiplicadas pelos instrumentos, de modo que esses dois acordes,

Fig. 215

organizados para um *tutti* orquestral, ficam como se mostra na Fig. 214.

O último ponto reveste-se de um especial significado para o leitor de partituras. Mostra que o arranjo orquestral de um acorde costuma parecer mais complicado do que realmente é; uma abordagem tranquila da leitura da partitura pode tornar facilmente compreensível o que, à primeira vista, parecia uma barafunda de notas.

O exemplo seguinte reproduz os primeiros compassos do Concerto para piano em lá menor, de Schumann. O lugar da parte do solista é sempre diretamente acima das cordas. Após a nota dominante inicial, o piano entra com um floreado dramático; depois, o oboé enuncia o tema, apoiado por clarinetes, fagotes e trompas, terminando a harmonia num acorde de sexta e quarta, na dominante. O piano repete o tema, fechando com um acorde na tônica.

Fig. 216 (Ver Apêndice 3 para os nomes dos instrumentos)

Fig. 216 (Continuação)

Partituras e leitura de partitura **193**

Fig. 216 (Conclusão)

Finalmente, eis um breve fragmento do último movimento da Nona Sinfonia de Beethoven, onde um coro se junta à orquestra inteira. Deixemos que ele fale por si mesmo.

Fig. 217

Sugestões para leituras complementares

Hunt, R., *Transposition for Music Students,* Oxford University Press
Jacob, G., *How to Read a Score,* Boosey & Hawkes
Lang, C.S., *Score Reading Exercises in Three and Four Parts,* Livros 1 e 2, Novello
Morris, R.O. e Ferguson, H., *Preparatory Exercises in Score Reading,* Oxford University Press
Riemann, H., *Introduction to Playing from Score,* Augener
Taylor, E., *An Introduction to Score Playing: Playing from an Orchestral Score,* Oxford University Press

Apêndice 1

Figuração

O leitor deve ter notado que, em alguns dos exemplos musicais, as melodias eram derivadas de um acorde (ou vice-versa). Ou seja, as notas de um acorde eram usadas não simultaneamente, mas em sucessão, dando uma linha melódica (ver, por exemplo, as Figs. 83 e 141). Isso era, e ainda é, um procedimento muito comum de unificação em música. Um recurso técnico semelhante, porém mais simples e óbvio, é a figuração de acordes, muito apreciada no acompanhamento melódico do período clássico, Eis a tríade de dó maior em algumas de suas figurações mais comuns:

Esse método estereotipado de acordes quebrados, quando usados no baixo, é chamado correntemente de "baixo de Alberti", do nome do compositor italiano do século XVIII Domenico Alberti, que o cultivava.

Apêndice 2

Sistema sol-fá (solfeggio, solfège, solfejo)

O sol-fá é um sistema de nomes silábicos usados para solfejar e treinar o ouvido. O princípio do sistema é que a cada nota da escala atribui-se uma sílaba fácil de ser cantada. Assim, c d e f g a b c converteu-se em dó ré mi fá sol lá si dó. A grande vantagem desse método é que facilita o processo de aprendizagem de leitura, uma vez que com o sistema do "dó móvel", as sílabas e, portanto, os intervalos correspondentes permanecem os mesmos em qualquer tom; isto é, dó-sol representará uma quinta, quer seja pensada em dó maior (C-G) ou em dó sustenido maior (C♯-G♯). Assim, usando o sistema sol-fá, é tão fácil cantar em dó maior quanto, digamos, em fá sustenido maior: o *dó* em cada caso denotará sempre a tônica da escala. Do mesmo modo, o *lá* denotará sempre a tônica de qualquer escala menor.

O introdutor da ideia foi Guido d'Arezzo (ver p. 12). Ele usou as primeiras sílabas do hino latino *Ut queant laxis* como mnemônica para a escala:

[Partitura: Ut queant laxis resonare fibris Mira gestorum famuli tuorum Solve polluti labii reatum Sancte Joannes]

Ut foi substituído depois por *dó* e ainda mais tarde adicionou-se a sétima sílaba, *si*. Outro desenvolvimento foi a indicação de sustenização usando *di, ri* e *fi,* e de bemolização usando *lo, ma, ra* e *ta*. Os exemplos seguintes ilustram como o método funciona.

a) Bach: Invenção a duas vozes em dó maior.

[Partitura: do re mi fa re mi do sol do ti do]

b) transposto para dó♯ maior.

[Partitura: do re mi fa re mi do sol do ti do]

a) Bach: Invenção a três vozes em fá menor.

[Partitura: la do ti ti re di re si la sol fa mi re do]

b) transposto para lá menor.

[Partitura: la do ti ti re di re si la sol fa mi re do]

---

* Formada pelas iniciais das duas palavras do sétimo verso, *Sancte Ioannes*. (N.T.)

Apêndice 3

Nomes estrangeiros dos instrumentos

Os nomes dos instrumentos são, por vezes, indicados numa partitura em alemão, italiano, francês ou inglês. A lista seguinte fornece os nomes estrangeiros de todos os instrumentos mencionados na Parte IV, pela ordem em que aparecem numa partitura.

Português	Inglês	Alemão	Italiano	Francês
Piccolo (Flautim)	Piccolo	Kleine Flöte	Flauto Piccolo (Ottavino)	Petite Flûte
Flauta	Flute	Flöte	Flauto	Flûte
Oboé	Oboe	Hoboe	Oboe	Hautbois
Corne Inglês	Cor Anglais	Englisches Horn	Corno Inglese	Cor Anglais
Clarinete	Clarinet	Klarinette	Clarinetto	Clarinette

Clarinete	Bass Clarinet	Basklarinette	Clarinetto basso (Clarone)	Clarinette basse
Baixo				
Fagote	Bassoon	Fagott	Fagotto	Basson
Contrafagote	Double Bassoon	Kontrafagott	Contrafagotto	Contre-Basson
Trompa	Horn	Horn	Corno	Cor
Trompete	Trumpet	Trompete	Tromba	Trompette
Trombone	Trombone	Posaune	Trombone	Trombone
Tuba	Tuba	Tuba	Tuba	Tuba
Timpanos	Timpani	Pauken	Timpani	Timbales
Triângulo	Triangle	Triangel	Triangolo	Triangle
Tamborim	Tambourine	Schellentrommel	Tamburino	Tambour de Basque
Pratos	Cymbals	Becken	Piatti	Cymbales
Bombo	Bass Drum	Grosse Trommel	Gran Cassa (Tamburo)	Grosse Caisse
Caixa Clara	Side-drum	Kleine Trommel	Tamburo militare	Tambour militaire
Harpa	Harp	Harfe	Arpa	Harpe
Violino	Violin	Violine	Violino	Violon
Viola	Viola	Bratsche	Viola	Alto
Violoncelo	Violoncello	Violoncell	Violoncello	Violoncelle
Contrabaixo	Double Bass	Kontrabass	Contrabasso	Contrebasse

Apêndice 4

Uso americano

O uso americano e inglês de termos musicais têm divergido em alguns detalhes. Os mais importantes, pela ordem em que aparecem neste livro, são os seguintes:

Português	*Inglês*	*Americano*
Nota	Note	Tone
Semibreve	Semibreve	Whole-note
Mínima	Minim	Half-note
Semínima	Crotchet	Quarter-note
Colcheia	Quaver	Eighth-note
Semicolcheia	Semiquaver	Sixteenth-note
Fusa	Demisemiquaver	Thirty-second-note
Semifusa	Hemidemisemiquaver	Sixty-fourth-note
Compasso	Bar	Measure
Andamento	Time	Moter

Índice de sinais

ξ	pausa de semínima
𝟕	pausa de colcheia
𝟕̌	pausa de semicolcheia
𝟕̌	pausa de fusa
𝟕̌	pausa de semifusa
—	pausa de breve
—	pausa de semibreve
—	pausa de mínima
—	barra de compasso
—	barra dupla
2/4	indicação de compasso
:‖	sinal de repetição
¢	compasso 4/4
¢	2/2 *alla breve*
♩.	nota pontuada
⌢	ligadura
𝄐	fermata
^	sforzando
.	staccato
'	staccatissimo
–	tenuto
‖o‖	breve
o	semibreve
𝅗𝅥	mínima
♩	semínima
♪	colcheia
♬	semicolcheia
♬	fusa
♬	semifusa
c'	dó central
—	pauta (pentagrama)
—	linhas suplementares
𝄞	clave de sol
𝄢	clave de fá
𝄡	clave de dó
{	chave
8va	tocar uma oitava acima
8va	tocar uma oitava abaixo
fff ff f mf mp p pp ppp	sinais de dinâmica

Símbolo	Significado	Símbolo	Significado
<	crescendo	♯	sustenido
>	decrescendo	♭	bemol
	tercina (ou quiáltera)	♯♯ / ×	dobrado sustenido
	quintina	♭♭	dobrado bemol
	appoggiatura	♮	natural
	acciaccatura	I	tônica
∼	mordente superior	II	supertônica
	mordente inferior	III	mediante
∽	grupeto	IV	subdominante
tr	trinado	V	dominante
	armadura de clave	VI	submediante
		VII	sensível
		⊓	arcada descendente
Ib, IIb, etc.	primeira inversão	V	arcada ascendente
Ic, IIc, etc.	segunda inversão	°	harmônico natural
V^7	sétima da dominante	◇	harmônico artificial
I^7, II^7, III^7, etc.	sétima secundária		tremolo
V^9	nona da dominante		
V^{11}	décima primeira da dominante		arpejo
V^{13}	décima terceira da dominante	+	som fechado
N^6	sexta napolitana		baixo cifrado
A^6	sexta aumentada		

Introdução à música   205

CORDAS — PERCUSSÃO — METAIS — MADEIRAS

* som real

Madeiras: piccolo*, flauta, oboé, corne inglês*, clarineta (em si bemol)*, fagote, trompa (em fá)*

Metais: trompete (em dó), trombone tenor, trombone baixo, tuba

Percussão: timpanos, piano

Cordas: dó₁, harpa, violino, viola, violoncelo, contrabaixo*

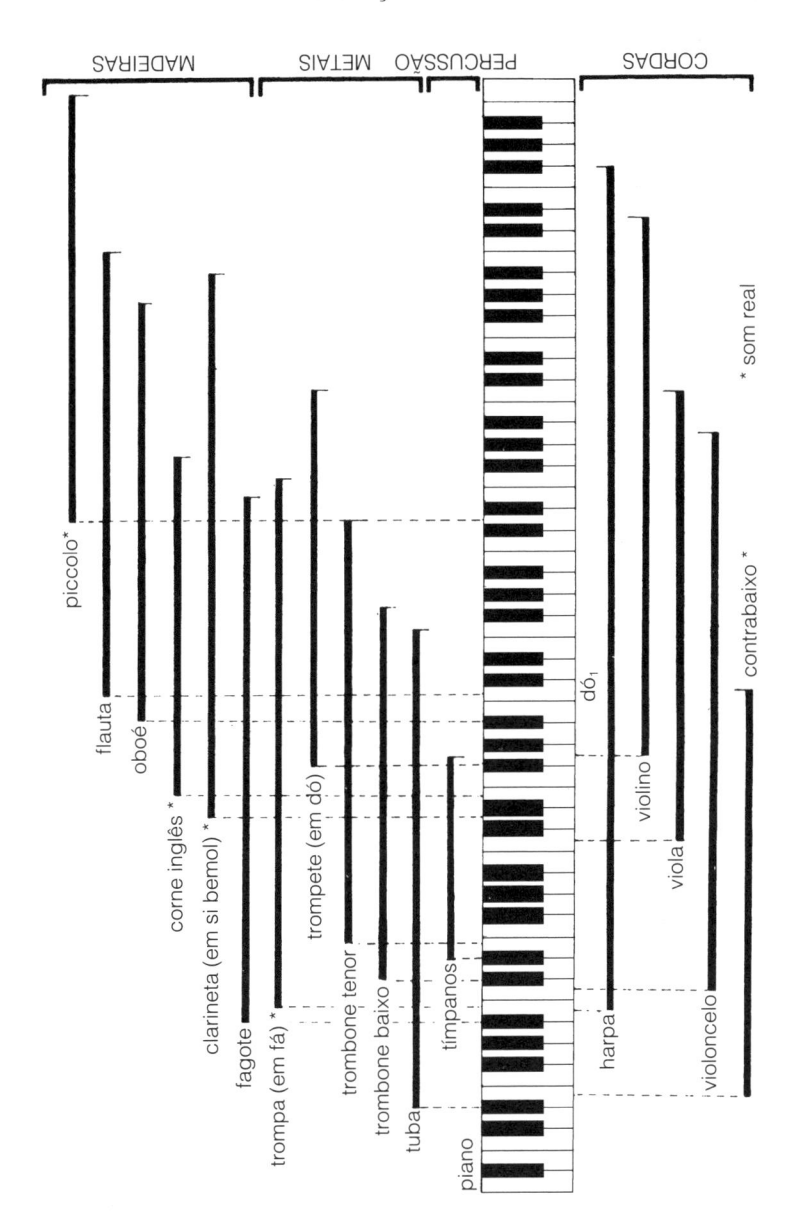

2ª edição julho de 2015 | **Diagramação** Megaarte Design
Papel Offset 90 g/m² | **Impressão e acabamento** Yangraf